口譯人生

在跨文化的交界，窺看世界的精采

長井鞠子
Mariko NAGAI

詹慕如——譯

伝える極意

自由學習 9

口譯人生

在跨文化的交界，窺看世界的精采

作　　者　長井鞠子（Mariko NAGAI）
譯　　者　詹慕如
責任編輯　文及元
行銷企劃　劉順眾、顏宏紋、李君宜

總 編 輯　林博華
發 行 人　凃玉雲
出　　版　經濟新潮社
104台北市民生東路二段141號5樓
電話：(02)2500-7696　傳真：(02)2500-1955
經濟新潮社部落格：http://ecocite.pixnet.net
發　　行　英屬蓋曼群島商家庭傳媒股份有限公司城邦分公司
台北市中山區民生東路二段141號11樓
客服專線：02-25007718；25007719
24小時傳真專線：02-25001990；25001991
服務時間：週一至週五上午09:30-12:00；下午13:30-17:00
劃撥帳號：19863813　戶名：書虫股份有限公司
讀者服務信箱：service@readingclub.com.tw
城邦網址：http://www.cite.com.tw
香港發行所　城邦（香港）出版集團有限公司
香港灣仔駱克道193號東超商業中心1樓
電話：25086231　傳真：25789337
E-mail：hkcite@biznetvigator.com
新馬發行所　城邦（新、馬）出版集團 Cite（M）Sdn. Bhd.（458372U）
41, Jalan Radin Anum, Bandar Baru Sri Petaling,
57000 Kuala Lumpur, Malaysia.
電話：603-90578822　傳真：603-90576622
E-mail：cite@cite.com.my
印　　刷　漾格科技股份有限公司
一版一刷　2016年3月17日

城邦讀書花園
www.cite.com.tw

ISBN 978-986-6031-81-6

售價：NT$ 300
Printed in Taiwan

目錄

前言

第一章 會議口譯現場

第二章　走上口譯員之路

第三章　口譯員的生活和技術

第四章　國際會議中的日本人

第五章　傳達語言的五個步驟

結　語

前言

何謂語言的溝通？

我們口譯員的工作，就是站在使用不同語言的人之間，幫助他們的對話、溝通得以成立。這個簡單的道理或許人人都知道，已經不需要再多做解釋。不過，假如只是單純將A說的話告訴B、再把B的回答轉達給A，以我這個人喜新厭舊的個性，實在不大可能重複相同工作，投入這一行長達將近半世紀之久。至少，應該不至於讓我想提筆寫下本書。

口譯員不只是訊息傳遞者、居中傳話的中介者。我體會到這一點，是在大學畢業後當了幾年專業口譯員，還初出茅廬的時期。

當時我受託擔任工學相關的會議口譯，我和同事兩人一起來到會場。名義上雖然是場需要口譯的國際型活動，不過，與其說是國際會議，這更像個工作坊性質的小型聚會。

還記得當時會場也架設口譯員專用的口譯廂。日方講者是一位上了年紀德高望眾的年長教授，他指著寫在白板上的資料，講述自己的專業領域。

我們在一旁譯出他所說的內容，而在場聆聽的美國人，看來都是頭角崢嶸的年輕世代。聽著老教授的解釋，他們表現出旺盛的好奇心：「原來老師您從事的是這方面的研究啊，真有意思！對了，那您對這個問題有什麼看法？」

另一方面，那位日本老教授也很認真地回應：「嗯，關於這一點呢，我認為……」。

近距離看著他們的交流，我猛然驚覺：「他們兩方現在是因為我的口譯，才能了解彼此！」

或許因為這兩人的對話問答如此熱絡，才會讓我產生這種感覺。如果沒有口譯，語言不同、年齡也幾乎相隔一代的兩人，即便有機會相識，想必也無法順利溝通。這讓我再次發現口譯這份工作的意義。

當時那兩人跨越了語言差異和年齡不同的鴻溝，順利地在工學這個共通領域上互相討論，我也切實感受到兩位從事研究的嚴謹態度。正因為如此，我們口譯員總是認真地聆聽口譯對象的一字一句。

當時，我還是個不成氣候的口譯員，也經常在工作中嚐到失敗滋味。但是，這次經驗讓我對「傳達語言時需要什麼？」「透過語言的溝通是什麼？」等，這些談論口譯技巧之前更重要的層面，都獲得很重要的線索。

另外，我們在口譯現場也經常遇到跟上述例子完全相反的情形，例如「講者的話無法吸引聽者的興趣」，或者「根本聽不大懂講者想說什麼」等狀況。將完全無法吸引別人興趣的話語直接照翻，如此一來，聽者不可能表現出熱切積極的反應。

當然，既然是口譯員，自然不允許譯得與講者說話內容完全不同。儘管如此，我總是期待自己能夠「在聽眾面前以最豐富的語言翻譯，甚至能更加延伸講者口中敘述的世界情景。」

「發言」和「傳達」的不同

遇到講者的演講主旨模糊，直譯後聽眾或許難以理解時，口譯員究竟可以針對講者發言「加工」到什麼程度？事實上，口譯世界裡沒有「正確答案」。我也經常處於「必須正確傳達講者發言」這個譯者立場第一原則，和「聽眾無法理解，口譯員的工作就不算完成，應當盡量使用簡明易懂的譯法」這種專業意識與工作道德的夾縫之間，在工作中不斷苦思「這樣翻譯真的好嗎？」

精通俄文和法文的安德烈．卡密爾（Andre Kaminker），直到現在仍是傳說中的著名口譯員。他在一九一九年巴黎和會上負責長達一小時的演說口譯時，講者批評他：「你沒有照我所說的翻！」據說，巴黎和會是世界外交史上首次採用會議口譯的國際會議。在那之前的外交場合，向來以法文當成共通語言，不過，時任美國總統的湯瑪士・伍德羅・威爾遜（Thomas Woodrow Wilson）和英國大衛・勞合・喬治（David Lloyd George）首相均不諳法文，因此有口譯需求。而在這人類史上第一次出現會議口譯的舞臺上，就遭到客訴的卡密爾一點都不慌張，他是這麼回答的：

「是的，確實不同。因為我傳達的並不是你所說的話，而是你該說的話。」

另外，在一九四六年的聯合國大會上，蘇聯代表莫洛托夫（Vyacheslav Mikhailovich Molotov）針對禁止核武戰爭發表長篇演說，這時卡密爾只簡短地翻譯：「代表說不行。」如果對照我剛剛提到的口譯員「必須正確傳達講者發言」的原則，卡密爾這類口譯員的評價就相當兩極。我在國際會議上口譯時，也曾經有聽得懂英文和日文的聽眾對我說：「我聽了長井老師的英文（日文）口譯，才了解講者日文（英文）發言的內容。」不過，這也不見得是「正確答案」。

用同樣激動的風格譯出講者慷慨激昂的發言，或許大多數人都認同。但是如果講者泣不成聲地說話，口譯員也該同樣淚如雨下地譯出嗎？如果講者發言聲音微弱聽不大清楚，口譯員也應該一樣壓低音量嗎？「正確度」和「簡明度」、「方法」和「目的」、「事實」和「認知」，口譯現場中永遠都會面臨這些二元對立的悖論。

不過老實說，雖然身為口譯員，每當我聽到讓人感到「你到底想說什麼？」「這個人到底有沒有心要表達？」的發言，都會不由得發怒。相反地，假如講者帶著欲望表達該傳達的內容時，就能夠激發口譯員的專業意識和使命感。在沒有「正確答案」的口譯現場，每天面對語言的處理，讓我開始萌生下列這些想法。

「發言」不等於「傳達」。

所謂口譯，就是將講者的「發言」翻譯成其他語言，「傳達」給聽眾。站在這兩種無法以等號相連的行為中間，自然沒有正確答案。可是即使在講相同語言的人之間，這個問題（「發言」和「傳達」的不同）也一樣存在。舉個好懂的例子，如果有人發言「很小聲」。儘管確實說話了，但是無法傳達給聽的人知道。假如無法傳達，那麼跟「不存在」是一樣的意思。換句話說，只是發言並不代表溝通成立。當然，即使講話聲音傳到對方耳中，也不見得表示確實發揮「傳達」之效。那只代表對方「聽到了」而已。最重要的是，話語有沒有真正傳達到對方「內心」，這才是真正的「傳達」。

我們口譯員站在使用不同語言的人之間，進行具體的翻譯工作，因此每天都能體會到「語言溝通基礎」的重要性。我經歷過各種大大小小國際會議上的口譯工作，在會議上最認真聆聽別人說話的，或許就是口譯員吧。

東京贏得二〇二〇年奧運主辦權的「話語」

另外還有一點，也是我擔任口譯員參與國際會議等工作時的體會。一般來說，比起歐美人，日本人對語言溝通的自覺普遍較低。具體的例子將在第四章中詳細介紹，日本人似乎天生就不大喜歡「藉由講道理，以語言讓對方了解自己意見」這種行為。比起論述道理的自我表現，日本人更重視當場的氣氛。我想這一點也表現在日文中第一人稱主詞，通常因應對話狀況而有「我」「本人」「在下」等不同說法上。

另外，日本文化中還有「坐而言不如起而行」「心有靈犀一點通」等說法，這種崇尚「不把話說盡，讓人自行解讀弦外之音」的文化背景，也帶來很大的影響。語言不僅是邏輯，同時也是文化。請容我舉個年代有點久遠的例子，以前曾經有個啤酒品牌的廣告文案是這麼寫的：「男人就該安靜喝啤酒。」但是我認為，跟歐美人相比，日本人的溝通潛力其實並不差。

二〇二〇年東京申奧活動（譯注：二〇一三年九月，日本代表團爭取二〇二〇年在東京舉辦奧運與殘奧）就是極好的例子。從中我們可以看到對於語言溝通抱持極高自覺、並且能發揮優異簡報能力的新日本人，如何成功地爭取到奧運主辦權。包括獨立媒體人克里斯蒂・瀧川（Christel TAKIGAWA）、奧運擊劍（fencing）獎牌得主太田雄貴、殘障奧運田徑選手佐藤真海等人在內。相信許多人都對他們當時在阿根廷布宜諾斯艾利斯舉辦的國際奧林匹克委員會（IOC，International Olympic Committee）全會上的演講記憶猶新。除了最後確定主辦權之地布宜諾斯艾利斯，之前陸續在俄羅斯、聖彼得堡、瑞士洛桑等地的發表，我也以「日本代表團隊」的一份子在場聆聽演講，並且因應需要協助口譯。

除了前面列舉的三位之外，還有許多人向全球發表演說，闡述「在東京舉辦奧運的意義」。日本代表團曾經在二〇〇九年爭取二〇一六年奧運主辦權，最後敗給巴西里約熱內盧，當時無法實現的任務這次得以成功，我認為其中的原因一定包含「日本人表達能力的提升」。事實上，在確定由東京主辦後，多位國際奧委會的委員都表示：「沒想到日本人的簡報這麼出色。」過去世界上對日本人的印象多半是：「枯燥乏味、缺乏幽默，在人前演說時總是低頭咕噥。」我想，這次我們一口氣扭轉過往的印象。

另外，二〇一三年一月播放的ＮＨＫ《哈佛白熱教室》（ハーバード白熱教室）中，我負責麥可・桑德爾（Michael J. Sandel）教授和日本出席者間的口譯（不會出現在畫面的幕後工作）。當時的主題是「霸凌問題」，攝影棚裡共有三十五位國中三年級學生參加，其中有幾位很能言簡意賅、聰慧靈巧地表述自己的意見。我聽了很佩服，桑德爾教授最後也大為稱讚：「你們雖然才十五歲，但一點也不輸給哈佛大學的學生呢。」

確實「傳達」的三要點

聽說最近日本教育界也增加了練習辯論的機會，這或許就是練習效果的展現。但是美國從小學開始就有所謂「秀圖片講故事」（SHOW & TELL）的課程。進行方式是讓學生把喜歡的玩具等東西帶到學校來，在全班同學面前發表「這是誰給我的？」「我為什麼喜歡？」「它有什麼功能？」與從小就進行這種訓練的美國相比，日本人在人前說話的訓練並不算充分。

聽說為了爭取二〇二〇年東京奧運，二〇一三年在申奧簡報發表精彩演講打動許多人心的太田雄貴選手，在四年前的申奧活動中也曾經以「日本團隊」一份子的身分努力表現；二〇〇九年，在二〇一六年申奧敗給里約熱內盧之後，他不斷進行訓練，想提升自己的簡報能力。

在後文中也會提到，我在一九六四年的東京奧運中首次體驗到所謂的「口譯」工作。在那之後，我也參與了一九九八年舉辦的長野冬季奧運申辦活動；二〇〇九年，我也現場聆聽過太田選手二〇一六年申辦東京奧運時的演講。在國際奧委會全會進行申奧發表時，簡報對象為全世界，基本上以英文發表。不過在這四年期間，太田選手的英語能力並沒有突飛猛進的進步。他大幅成長的，是比語言能力更重要的問題。我認為那就是讓聆聽自己意見的人能理解、並且贊同的「傳達能力」。

以往日本社會總認為「心有靈犀一點通」，儘管自己保持沉默，對方也能了解自己的心境。相較之下，歐美社會則主張如果沒有表達自己的意見，確實傳遞給對方以達到良好的溝通，就有可能產生糾紛、造成損失。日本是重視「情」以及「當下氣氛」的文化，而歐美也有自古希臘流傳下來的哲學傳統，重視邏輯。邏輯是由語言建構的，因此歐美人遠比日本人更重視語言溝通。

儘管有這層文化差異，不過一旦跨進更寬廣的世界，仰賴「心有靈犀一點通」的特殊溝通機會確實會相形減少。往後日本人也需要提高對於語言溝通的認知，放棄「君子寡言」的想法，更明確地以語言傳達「精神」和「精髓」何在。

最近日本有許多企業諸如優衣庫（Uniqlo）或樂天（Rakuten）等，開始以英文為公司內部的官方語言。如果日本人除了母語之外，也能在商務情境中自在地活用英文，勢必能夠提升溝通能力。不過，身為口譯者的我，透過這本書想與各位分享的，並不是「如何學好英文」的技術理論或學習法。我試圖梳理的，是無論英文或日文、不管有沒有語言隔閡，當人與人之間藉由語言溝通時一定會面臨的「通則」。

當然，這種法則不容易學習也不容易傳達，不過，正因為我處於沒有「正確答案」的口譯世界，反而更常思考存在於單純翻譯語言工作背後的「通則」。

那麼，除了「發言」之外，還要確實「傳達」給對方，需要具備什麼條件呢？我認為需要具備以下三項條件：

一、「很想告訴別人」的內容。

二、想傳達的熱忱。

三、具備能讓對方清楚了解這些內容的邏輯與結構。

在本書中將以口譯現場為背景舞臺，解說上述條件的具體內容，以及該如何培養這些能力。

第一章

會議口譯現場

口譯員與翻譯家

應該沒有人完全無法想像「口譯」是什麼樣的工作吧。但是，既然要以「從口譯現場思考言語溝通」這個主題書寫，我想還是應該稍加介紹。

首先，其實還有和口譯一樣將一種語言譯為另一種語言的工作，也就是翻譯。其中的差異相信大家不難想像。口譯員所處理的是「口說語言」，而翻譯家（筆譯）處理的則是「文字化的語言」。我認為口譯（interpreter）和翻譯（translator）這兩種職業看來相似，其實大不相同。

口譯員不管譯得再巧妙，或者相反地、出現誤譯的狀況，基本上，只要話說出口就結束了，一切都當場定勝負。相較之下，翻譯家翻完了一篇文章，直到這篇文章正式發表之前，通常會再三反覆推敲「這種說法是否恰當？是否還有更貼切的表現？」莎士比亞在《哈姆雷特》（*Hamlet*）中有一句知名台詞「To be or not to be, that is the question.」，不同的譯者對這句話的日文翻譯也有不同的版本，像是「生存還是死亡」或「存在或是毀滅」等，同一個句子可能有許多不同表現方式。翻譯的工作跟寫作很類似，到真正大功告成之前，必須耗費極為漫長的時間，並不適合我這種喜新厭舊的個性。反過來說，假如突然要求一位翻譯家「請您來協助會議口譯」，想必也很困難。

口譯員的工作可能今天是經濟學國際會議、明天是電子工程學，每個案件的工作環境都不同。在每一場不同領域的工作現場中，要正確理解講者的語言進行口譯，絕對不能缺少完善的「事前準備」。承接一場經濟學的會議，必須先了解經濟學相關知識，也必須牢記講者們的簡歷。而隔天要面對的電子工學也一樣。我也曾經在激烈討論醫學和宗教等議題的相關會議中擔任口譯。

口譯員需要面對的領域可謂包羅萬象。與「人類行為」相關的所有領域，幾乎都有可能是口譯的工作對象。我個人非常喜歡像這樣因應需求，粗淺而廣泛地涉獵各門專業知識，一點一滴咀嚼學習。

另外，電影字幕翻譯必須在極為嚴格的字數限制中挑出最適當的譯法，也是特殊職業之一。這也很類似作家的工作，在處理文字的範疇中，字幕翻譯或許更接近創作俳句等短詩或文案。

無論如何，我個人比較適合的是當場像瞬間變戲法一樣，挑出最適當語言的口譯工作。那麼，會議口譯的現場究竟是什麼狀況？以下容我具體為各位介紹。

世界首度同步口譯

首先，會議口譯又大致分為「同步口譯」和「逐步口譯」。另外還有一種介於兩者之間的「耳語同步口譯」這種稍微特殊的方法。由口譯員緊鄰聽者身邊，輕聲將講者發言在聽者耳邊譯出，我想各位在電視綜藝節目等有外國演員或音樂家出現時應該都看過這種方式。

我在前言中曾提到安德烈．卡密爾（Andre Kaminker）這位口譯員的軼事時，曾經寫到「一九一九年的巴黎和會上首次採用會議口譯」，不過當時採用的口譯方式是逐步口譯。

所謂逐步口譯是現在一對一領袖會談的現場中常見的方法。其中一方的發言告一段落後，口譯員在適當時機插入，將聽到的內容譯出給另一方。這種傳統方法可說是所有口譯的基礎，口譯員必須先學會這種逐步口譯的技巧，並且不斷精進。

第二次世界大戰後，為了審判納粹德國戰時罪行召開的紐倫堡審判中，首次採用同步口譯。順帶一提，同樣是審判第二次世界大戰日本戰犯的東京審判中，並沒有採行同步口譯，而以逐步口譯方式進行。

口譯早在西元前三千年左右的埃及就已經存在，目前已經知道有意指「口譯」的象形文字存在，可見得從古代起就已經有這樣的行為。另外，我們也經常聽到「口譯是人類歷史上第二古老的職業」這種說法。儘管如此，同步口譯的出現還要等到二十世紀中期，主要是因為同步口譯需要麥克風和接收器等器材。

在紐倫堡審判中採用英文、法文、俄文和德文等四種語言的同步口譯。之所以可行，都要歸功於ＩＢＭ開發的Hush-a-phone這種器材。這種器材的形狀類似電話話筒，在喧囂的會議場中，即使口譯員小聲說話，這些內容也會在經過處理後清晰地傳到聽者耳中。

如同後述，同步口譯時對口譯員來說，最棘手的就是「自己的聲音」。舉行紐倫堡審判時我已經出生了，但當時我還是個小孩，還沒開始從事口譯工作。

接下來，以下我將以同樣使用多國語言，自己也實際參與口譯團隊的第四屆波恩（一九七八年）到第二十六屆九州、沖繩（二〇〇〇年）各國領袖高峰會為例，介紹同步口譯的工作現場。

高峰會上的同步口譯

一年一度世界主要國家領袖聚集的八大工業國高峰會（G8 Summit）（編按：現為七大工業國〔G7，Group of Seven〕，主要是因為二〇一四年會員國之一的俄羅斯占領克里米亞，遭凍結會籍至今。），加拿大自一九七六年在波多黎各的聖胡安召開的第二屆開始參與，一九九八年第二十四屆伯明翰會議時俄羅斯正式加入，有八國參加。當中使用的語言，有英文（英國、美國、加拿大）、法文（法國、加拿大）、德文、義大利文、俄文與日文，總共六種。

如同各位所知，加拿大魁北克省所使用的法文跟英文一樣並列為官方語言，在高峰會上首相等代表的發言一定會同時使用英文和法文。整體會議進行以主辦國的語言為主，所以如果由加拿大主辦，則分成上午英文、下午法文。

在高峰會中工作的口譯員並非由參加國各自組織口譯團隊，基本上都由主辦國統一籌組。因此，我在此時的身分並非「日本政府口譯員」，而是高峰會中「日文團隊的口譯」。但是，我過去參與的高峰會，唯有日文團隊的口譯不是由主辦國準備，而是由日本政府（外務省）召集後，再加入由主辦國組織的口譯團隊中。

在高峰會中工作的口譯員，各個語言組別都有兩名，唯有日文一組有三人。其中一位將日本首相的發言譯為英文。為什麼高峰會裡，日文的處境如此獨特呢？究竟是因為日文比其他語言特殊？還是因為日本政府強烈要求？很遺憾，當中詳細的來龍去脈我並不清楚，但是在歐美地區確實較難找到能夠勝任高峰會等級的日文口譯員。相對之下，歐美地區除了自己母語以外，還能以兩種以上語言進行口譯的人並不在少數。

不過我記得，在一九九七年丹佛高峰會時，主辦國美國曾表示：「日文口譯由我們準備」。後來，日本外務省與主辦單位幾番交涉，決定在會議上，由來自日本的我們負責口譯，除此之外的記者會等場合，則由美方準備的口譯員負責，這是個比較特殊的例子。

此外，當時會議的方式是同時進行總統、首相參加的領袖會議、外交首長會議，以及財金首長會議等三大會議。每場使用的會場都不同，各個會場都需要三位日文口譯以及其他五種語言各兩位，也就是總共十三位口譯員。三個會場加起來總計需要三十九位口譯。現在，還有在高峰會參加國以外，又加上中、韓等新興經濟國和歐盟國家的二十國集團（Group of 20，簡稱G20）財政部長與中央銀行行長會議，真不知道到底需要幾位口譯。很遺憾，我並沒有參與G20相關的工作，不過，光是想像就令人覺得頭暈目眩。

轉譯

口譯員工作時，會進入設置在會議場內的口譯廂。如同前述，有些會場設置臨時架設的口譯廂。不過，一般號稱「國際會議廳」的會場，現在多半都設有具備同步口譯所需器材的口譯廂。

而像高峰會這種使用多語言的國際會議，同步口譯時通常採用所謂「聯合國方式」。以需要英、法、德以及義大利文四種語言的口譯來說，英文口譯廂裡會坐進不管聽到哪種語言（法、德、義大利文），都能翻成英文的口譯員。而在英文以外的口譯廂也採取相同方式，聽著其他三種語言、譯入母語。

但是很遺憾，使用日文的口譯員中幾乎沒有口譯員能採用這種方式。日文必須以英文為中介，再轉譯為其他各種語言。先將日本與會者的發言從日文譯為英文，接著再由其他各語言的口譯員聽著譯出的英文再譯為母語。這種方式以英文為主軸，不斷接力，因此又稱為「接力口譯」。

說到接力，大家或許以為從「日文到英文」再「從英文到其他語言」之間會產生時間落差，雖然是接力，基本上並不會有時間落差。當需要翻譯的語言傳進耳裡時，口譯員的嘴巴也同時啟動。講者用英文說「I……」，日文口譯員也在同一個瞬間說出「我……」。在這之後陸續微妙地調整英文和日文在構句、語序上的差異，與講者發言並行口譯。假如發言中斷，口譯也跟著中斷，這就是所謂的同步口譯。

這就是接力口譯的進行方式，所以儘管經過數次口譯過程，相對於嚴格的「同步」定義，出現的誤差只有短短幾秒鐘。假如三階段口譯必須以逐步口譯方式進行，又會如何呢？各位不妨想像一下當中需要耗費多少時間，應該不難了解為什麼使用多國語言的國際會議場合需要同步口譯。

像是當我在高峰會中翻譯德國領袖的發言時，我會將英文團隊譯出的英文轉譯為日文，當然這也是同步進行的。不管哪個國家的與會代表發言，除了原本發言國家的語言之外，所有其他各語言的口譯員同時譯出，這幅光景實在相當壯觀。

口譯廂裡陷入極吵雜的狀況。不過因為我們都戴著耳機，不會太在意其他口譯員說話的聲音。比較棘手的其實是「自己的聲音」。我們所用的耳機經過特殊設計，在我們對著麥克風說話時，自己的聲音並不會傳入耳機中，儘管如此，還是多多少少會聽到自己的聲音。

如同字面上的意義，同步口譯必須同時進行「聽」和「說」。我們必須正確聽取從耳機裡傳入耳中的一字一句，這時候，自己朝著麥克風說話的聲音，就顯得十分干擾。在還不習慣時，確實會帶來不小的壓力。如果不儘快習慣，在自己大聲說話的同時，也能理解傳入耳中的講者發言，就不能夠順利執行同步口譯。

另外，前面介紹過的耳語口譯，對於口譯員來說，最干擾的一樣是自己的聲音。而且，基本上會使用耳語口譯的環境，往往不像國際會議能準備口譯廂和專用器材，也沒有幫助專注傾聽的耳機。在這種環境中，如果需要口譯的來賓只有一位，那麼進行耳語口譯問題還不算太大。但是，最近有愈來愈多狀況，會為多位會議參加者分別安排耳語口譯員。這麼一來，隔壁來賓身邊的耳語口譯聲音就會形成干擾。同樣的，自己的口譯也干擾到對方。在這種狀況下，往往一回神，原本應該是輕聲細語的耳語，卻不知不覺中變成大聲吶喊的嘶吼；工作現場經常發生這種情形。

歷史變動的瞬間

過去我曾經替海外國家元首，以及日本首相、內閣官員，還有達賴喇嘛十四世、麥可・桑德爾、葛瑞姆・漢卡克（Graham Hancock）、史蒂芬・霍金（Stephen William Hawking）、安東尼・霍普金斯（Anthony Hopkins）、傑克・馬猶（Jacques Mayol）、凱文・科斯納（Kevin Costner）、貝克漢（David Robert Joseph Beckham）、馬友友、弗拉基米爾・阿胥肯納吉（Vladimir Davidovich Ashkenazy）等來自各個領域的傑出人士擔任口譯。每份工作都讓我留下深刻印象、覺得相當有意義。我想口譯工作的「樂趣」之一，就是能體會自己「正站在時代浪頭上」。

一九九六年在南非共和國召開的聯合國貿易開發會議時，我擔任當時池田行彥外相（相當於我國外交部長）的口譯。如同各位所知，南非是個採取種族隔離政策，要等到一九九四年首次由所有人種投票舉行大選之後，種族隔離政策才得以廢除。換句話說，我造訪南非時，正好見證重大的歷史轉捩點。當時在迎賓館晚宴上，主辦國南非外交部長說了一句令我難忘的話。一身褐色肌膚的他說道：「不久之前，像我們這種人只有負責做菜和打掃等工作，才有可能進入這棟建築物。」

聽了他這番話，我才深切感受到，真正的種族隔離在現實生活中是什麼情況，同時，我也真正認知到這個國家的種族隔離政策歷史已經畫下休止符，正要踏出嶄新的步伐。

此外，當我負責大眾媒體很少報導的專門領域學界口譯時，也經常會有深刻的發現和感動，「原來，這個領域裡最頂尖的學者，都在思考、研究這些課題！」

不過，說到世界各國領袖齊聚一堂的高峰會，果然還是別具一格。

最令我難忘的是一九九一年的倫敦高峰會。當時，頂著蘇聯首任總統頭銜的戈巴契夫受邀來到倫敦，在高峰會結束後，與當時的七大工業國領袖舉行會談。如同各位所知，推動改革和資訊公開，帶來蘇聯共產黨獨裁體制瓦解契機，為戰後冷戰結構畫上休止符，正是戈巴契夫的功績。一九九一年八月，反對戈巴契夫政策的守舊派發動政變，最後以失敗告終，因此牽動蘇聯解體，而此次高峰會就在七月十五日到十七日召開。

蘇聯領袖現身於「西方」的領袖會議。在冷戰時期，這根本是不可能的構圖。

當戈巴契夫跟在主辦國前首相柴契爾夫人身邊，走進進行會談的房間時，我人在口譯間裡。透過透明壓克力隔板，我可以看見戈巴契夫的表情，他臉上掛著沉穩的笑容。戰後長期以來，與自由主義陣營的高峰會參加國對峙的蘇聯領袖，帶著融雪化冰的表情，和各國首腦握手。看到這個畫面的那一瞬間，我渾身起了雞皮疙瘩，「啊，世界的歷史正在改變！」

密特朗前總統的演說

其實我這個人的個性還滿愛慕虛榮。在高峰會現場的口譯空檔，我也會看著各國領袖心想：「哇！這個人長得還滿帥的」，其中，我個人特別抱有好感的是前西德首相赫爾穆特．施密特（Helmut Heinrich Waldemar Schmidt）。他參加了第一屆到第八屆的領袖會談，端正的五官是典型的北方日耳曼男性（施密特出生於漢堡）風貌。當他抽著愛好的鼻菸（編按：菸草製品之一，把菸草研磨成極細的粉末，以鼻子貼近嗅聞吸入鼻腔，經由鼻腔吸收其中的尼古丁成份）時，動作看來也很瀟灑。此外，他跟其他國家領袖私下談話時多半以英語交談。在我的印象當中，除了英語系國家以外，歷任領袖中他的英文說得特別好。

關於施密特前首相，我還有一段苦澀的回憶。記得是一九七九年的東京高峰會，當時他用英文針對石油問題發言。我先聽到他說了「Dig the Earth, one hundred thousand meters」，於是我譯成「挖了十萬公尺」。這時同事馬上遞來一張紙條：「挖那麼深會挖到地心岩漿吧！」確實，就現實上來說不可能有這種數字。即使最近因為探勘技術進步而廣受矚目的頁岩天然氣，也只沈睡在深二千到三千公尺的地層。其實前首相想說的是「如果挖個一百或一千公尺」但是他省略了「或」，直接說hundred……,thousand。

法國前總統密特朗（François Maurice Adrien Marie Mitterrand）則跟這位施密特前首相呈現對比，給人有點可怕的印象。他沉默地坐著時，嚴肅的表情儼然像是人面獅身像。不過，一旦他開始演說，內容中洋溢他的豐富素養以及法國人特有的智慧。他可以接二連三地舉出「某位哲學家這麼說」「這個問題如果我們梳理歷史的脈絡，將可以發現線索」等不同主題，讓聽者始終津津有味。而最重要的是，他的論點明晰，想傳達的重點清楚易懂。從密特朗前總統的演說中，可以感受到他身為政治家堅毅不搖的信念。

如同我一開始所說的，發言者的演說中如果具備應當傳達的內容，以及想要傳達的欲望，我們口譯員也會受到激勵。那麼所謂的「內容」和「意願」又是從何而來呢？我想，或許就是類似密特朗前總統身上所呈現的這種「堅毅不搖」吧。就算不是像密特朗前總統這樣的知名政治家，即使是一般家庭主婦，只要具備「這是我的使命」的信念，這種話語我認為都具備確實傳達到人心的強大力量。

日本首相們的英文能力

我第一次參與高峰會工作是在一九七八年，當時的日本首相是福田赳夫。在這之後，我也陸續替大平正芳、鈴木善幸、中曾根康弘、竹下登、宇野宗佑、海部俊樹、宮澤喜一、村山富市、橋本龍太郎、小淵惠三，以及二〇〇〇年的森喜朗等歷任首相擔任演講口譯。其中不包括細川護熙（第七十九任）以及羽田孜（第八十任），這兩屆首相皆因在位期間較短，沒能趕上高峰會舉辦的時間。另外，一九八〇年的威尼斯高峰會由於大平首相猝死，由大來佐武郎外相代替出席。

在高峰會上的官方演說基本上會以母語進行，因此在會議席間並沒有機會聽到日本首相們說英文，不過，在歷代日本首相當中堪稱「英文流利」的，我想應該是宮澤喜一前首相。

高峰會上非官方場合的茶點休息時間，各國領袖還是會用英文交談。此外，除了高峰會以外，我也曾聽過他在其他場合以英文發表演說，真的相當流利。一九九二年，美國總統喬治・H・W・布希（George H. W. Bush，俗稱老布希）來日時，在晚餐席間突然病倒。隔天早上的記者會上宮澤前首相直接以英文回應美方媒體的問題，還詳細說明了總統的病情，成為佳話。聽說他並沒有海外留學或者接受英語專業教育的經驗，但是他的英文確實如同傳聞中「政界數一數二」的風評，不管任何人聽來，都會肯定他優異英語能力背後必定有著嚴謹素養。

此外，除了高峰會，在OECD（經濟合作暨發展組織）會議上，羽田內閣中柿澤弘治外相的語言能力也讓我非常驚豔，不僅英語流利，他還說得一口好法文，他可以因應對話狀況，看著右邊說英語、轉頭向左邊說法文，巧妙地運用兩種語言。

不僅這些政治人物，其實皇后陛下也精通英法兩國語言，邀請多位海外來賓的席間，皇后陛下逐一問候，這時負責英語口譯的我和另一位法文口譯員會在旁待命，但是我們兩人往往派不上用場。

口譯員極重視的交通

參加國外舉辦的高峰會時，我們有時會跟首腦們一起搭乘政府專機前往，但譯者終究是幕後人員。偶爾有人會問，政府專機「裡面是什麼樣子？」「裝潢是什麼風格？」其實跟一般的客機沒什麼兩樣。

到達當地之後，我們與各國領袖入住不同飯店，每天的午餐、晚餐也分開用餐。各國領袖有時也會在午餐、晚餐中交換意見，如果這種時候需要同步口譯，會在餐桌附近設置口譯員專用的口譯廂。所以再豪華的餐點對我們來說也只是「紙上佳餚」。各國領袖們面對如此豪華的餐點，還要戴上耳機接收同步口譯，也讓人有些同情。如果是協助他們一般午餐、晚餐時的對話，通常不會

1987年前往威尼斯高峰會時，與時任日本首相的中曾根康弘攝於政府專機內。

1988年前往多倫多高峰會時，與時任日本首相的竹下登攝於政府專機內。

採用同步口譯，而是以逐步或耳語口譯的方式進行，這時候外務省官員有時也會陪同在各國領袖身邊。

各國領袖們入住的飯店當然是當地首屈一指的五星級飯店。那口譯員呢？其實有時候甚至沒有受到妥善的安排。有時在召開高峰會的市區內，為口譯員準備飯店，但過去也曾經因為一些差錯，住宿在市外郊區的飯店。

通常高峰會時口譯員會搭乘主辦國所準備的巴士等交通工具，集體從飯店來到各自負責的會場。但我記得在一九八五年的波恩高峰會時，我搭乘通勤電車前往現場。其實我並不討厭搭乘電車，平常我從自家東京市區出發去工作時，基本上也都搭乘電車。搭電車不需要擔心塞車問題，確實比開車更能正確掌握時間。不過，像高峰會這種大型會議，口譯員最好還是搭乘主辦國準備的巴士行動。萬一有什麼意外，主辦單位才能夠因應。我想不需要解釋，大家也能了解沒有口譯員國際會議就無法開始。飯店位在市區外也就罷了，讓口譯員單獨行動，假如其中有一個人遲到，那該怎麼辦？一想到這些情況，我就莫名地擔心。

其實對口譯員來說，到工作現場的「交通」是非常重要的問題。口譯員絕對不允許「人沒到現場」。缺席自然不在話下，遲到也是不可原諒的。一般來說，口譯員的原則是「三十分鐘前到達現場」，但我自己通常習慣在一小時之前抵達。

會議開始之後，才需要口譯員上場，所以提早到達現場其實也沒什麼事可做。不過，我很喜歡坐在沒人看得見自己的會議口譯廂中，出神地望著寫有會議名稱的招牌。相撲選手在正式見面之前，也會重覆幾次「仕切」（譯注：相撲力士上場，雙腳輪流頓地後彎腰的動作，此時兩肘置於膝上，下巴微抬，雙眼注視對手，凝聚注意力。）的動作。乍看之下，似是無謂的動作。但是不斷反覆「仕切」，可以活絡相撲選手們的肌肉，提升鬥志。同樣地，望著空無一人的會場，不知不覺也能讓我提高注意力，覺得自己的精神和會場融為一體。

另外，在一九八〇年的威尼斯高峰會中，各國領袖們住進「丹尼利」這間當地知名的飯店，口譯員則投宿另一間商務飯店。這間飯店一樣是由義大利政府所準備，我們當然不能有什麼意見。但是房間窗戶一打開，就會傳入一陣濃厚有如甲烷氣體的臭味，原來是水都威尼斯運河的味道。

不只日本，其他國家的口譯員也都住在同一間飯店裡。我的房間似乎臭味特別濃烈，我問飯店：「能不能想想辦法？」後來，他們替我換了一間較大的房間，當時雖然是夏天，但那房間卻異常涼爽。可能是忌妒只有我一個人換到大房間吧，還記得同事口譯員告訴我：「那間房間應該是鬧鬼，才會那麼涼爽吧。」

各國領袖之間的心機大戰

在高峰會這種國際會議上，也可以一窺每個參加國的「國家特色」。大家經常說：「準時在會議開始時刻出現的，只有日本人和德國人。」其實這種說法確實有幾分道理。事實上，時間觀念也受到各國文化的影響，據說在英國受邀作客的禮節是必須遲到十五分鐘，不過，日本人往往會比約定時間提早到，因此歐美人主辦的家庭宴會上，如果賓客中有日本人，主辦人就得比平常提早準備。

當然，像高峰會這種舞臺，可不會只有單純的「遲到」。可是也正因為是高峰會如此重要的舞臺，各國領袖才會出於各自的盤算，故意稍晚露臉以突顯自己的存在。

其中，法國人特別喜歡這麼做。而不管任何時候都規規矩矩依照表定時間出現的，果然是日本人和德國人。舉個非高峰會的例子，有一次，在一場於日本舉辦的國際會議中，出席者在上午的會議後預計要參加電視節目的錄影，法國和德國參加者前往錄影現場，為了將他們的英文發言譯為日文，我也隨之同行。電視節目的收錄順利結束。回程的計程車中，法國人提議：「喂，不如我們直接回飯店吧？還是繞到別處逛逛？」開口邀約德國人，但是，德國人堅持「我們應該直接回會場。」當時計程車司機是日本人，告知去處當然是我的工作。最後，我還是說服了法國人：「我看還是先回議場吧。」這時候，日本人和德國人不約而同地有了相同的意見。

我想，法國人不管任何時候，都很想突顯自己的獨特吧。就算聽到「會議從上午九點開始」，他們也不喜歡依照指示行動。一九八九年的巴黎高峰會，當時的法國總統是密特朗、美國總統是老布希。我還記得這兩位不斷暗自較勁，盤算著要壓軸進議場。

眼看著其他國家的領袖都已經到齊，只剩下他們兩人還沒來。這兩位都是老練的政治家，我想他們都想在除夕夜「ＮＨＫ紅白歌唱大賽」中獲得壓軸地位吧。我猜，這兩位應該先請隨行人員確認「大家都到了」才打算現身吧。最後兩個人都遲到了約五分鐘，幾乎同時現身，高峰會這個舞臺在「守時」之外，類似壓軸出場這種心機大戰也有背後的意義。

日本歷代首相的表達能力

關於宮澤喜一前首相的英語能力我在前面已經提到，另外，在以日文進行演說時的「表達能力」這一點，讓我印象特別深刻的則是前首相中曾根康弘。在我參與過的高峰會中，他是歷代出席日本首相裡表現格外出色的一位。我想，這都要歸因於中曾根前首相具備「希望別人能聽我說話」的熱忱。

當然，並非其他首相沒有熱忱，只是目前為止在許多政治舞臺上從事口譯的經驗，讓我感受到一般日本政治家比較擅長選舉演說。也就是說，一般日本政治家面對不特定多數的選民發表演說時，懂得巧妙運用最大公因數般的關鍵字，跟對立的候選人相比較，有效強調自己的優勢。這可能是因為日本的選舉不大會出現「我要投給這個政治家、這個政黨」的積極意志，多半是「這個政黨很糟糕」，受到消去法的感受控制。所以比起強調自己的優點，批判對手是更有效的選舉策略。可是反過來看，在高峰會等和外國領袖面對面陳述自己意見的場合中，政治家往往不大擅長發表令人記憶深刻的演說。

在這樣的背景之下，中曾根前首相是一位即使在類似高峰會的場合，也能面對外國領袖確實表述自己的想法、意見的政治家。我想他一定相當注意「如何表現自己」。橋本龍太郎前首相也很注意如何表現自己。不過，如果不是由官僚事先擬好講稿，他的發言和意見都讓人感受到強烈的偽惡風格。當然，或許是想藉此強調反效果，我想這也會受到個人美感的影響。比起透過發言、讓人了解自己想法的目的導向，我想他更屬於偏重美感、態度的類型。

什麼是雙語者

與高峰會有關的回憶真是一言難盡。一九七五年舉辦第一屆朗布依埃高峰會時，我因為前夫工作的關係，住在現在的塞爾維亞，當時幾乎沒在工作，是個家庭主婦，因此並沒有以口譯員的身分同行。在那之後，一九八〇年到一九八三年我再次移居塞爾維亞，一九八三年到一九八六年我住在澳洲的坎培拉，這段期間我忙於家事和養兒育女，一年會承接幾次口譯工作。

家父對我從事口譯工作或許懷抱相當複雜的情感。在當時的日本，口譯員是個未知的新領域，他對我挑戰這種職業，一方面覺得開心，另一方面也相當擔憂。大學畢業後，我成為剛設立不久的 Simul International 合作口譯員，不過，並沒有因此獲得固定薪資保障。實際上就是個自由接案者，家父一定覺得這只是打零工吧。儘管如此，還記得在我開始協助高峰會口譯時，他顯得相當開心。

不過，前面我自以為是點評諸位領袖的英文能力，我自己的英文能力又怎麼樣呢？或許很多人都覺得專業口譯員多半是曾經旅居海外的歸國僑民吧。但是，我並不是歸國僑民。另外，我們常聽到所謂的「雙語者」。但是要能將兩種語言運用到什麼程度才稱得上是雙語者呢？我自己認為如果「能讀又能寫《紐約時報》（*New York Times*）社論，而且能讀又能寫《日本經濟新聞》社論」，就可以定義為英文和日文的雙語者。

現在我定期訂閱《新聞周刊》（*Newsweek*）、《經濟學人》（*Economist*）、《舊金山紀事報》（*San Francisco Chronicle*）、《國際紐約時報》（*International New York Times*）、也經常收看ＢＢＣ和ＣＮＮ的新聞。但是我向來不擅長英

文作文，所以說，我認為自己並不算是個雙語者。

那麼，這樣的我，又是怎麼成為口譯員的呢？接下來，我將在第二章與各位分享。

第二章

走上口譯員之路

並非歸國僑民就能輕鬆當口譯員

我第一次接觸口譯這份工作是在大學二年級，當時我在一九六四年舉辦的東京奧運打工。會場開始比賽時「唱名」選手的姓名、國籍以及成績，就是我在大會中主要的工作，我當時負責的是女子游泳項目。「第一水道〇〇小姐，澳洲。時間，〇分〇〇秒」以英語進行上述的介紹。看到東京奧運紀錄片英文版，還留著我當時的廣播聲音，讓我覺得無比懷念。

除了這個「唱名」工作以外，我還負責引導會場內的外國選手和聯絡行政庶務等，都是很單純的工作，現在回想起來，掛上「口譯」這個名稱也未免言過其實。當時我做夢也沒想到自己將來會成為專業口譯員。只不過，能夠近距離觀看奧運比賽，確實成為我一段美好的回憶。

一九六四年日本舉辦奧運時，東京湧入許多外國人，不過，當時與現在不可同日而語，沒有多少能說英文的日本人。大會之前為此苦惱不已的主辦單位想到：「大學裡應該有不少會說英文的學生吧？」於是到東京都內各個大學廣徵口譯員。我雖然不是歸國僑民，不過，高中時曾經獲選國際交流組織學生使者計畫（AFS，American Field Service），以交換留學生的身分到美國達拉斯一年，能說「一定程度」的英文。

1964年東京奧運時的長井鞠子

我上大學之後也持續對英文很有興趣，因此勇敢應徵，也幸運獲得錄取。

現在，日本有許多歸國僑民，舉辦類似奧運這種國際大會時，或許不愁找不到能說英文的人。但是，當時還沒有太多從海外回日本的人。現在由於這些人增加，我身邊就有很多歸國僑民是現任的專業口譯員。

從小在外國出生長大、能和母語人士一樣自然流暢運用該國語言的他們，以口譯員來說確實具備相當有利的條件。但是，外語能力並非口譯員需要具備的所有能力，口譯員還必須自在活用外文和母語這兩種（或者是兩種以上）的語言。因此，我認為母語能力跟外語能力可謂同等重要。

比方說，當我們日本人聽著以日文進行的對話時，如果內容太過專業，想必也不容易理解吧？不過，努力理解內容、進行翻譯、傳達，正是口譯員的工作。因此除了語言能力之外，也必須因應每個場合的需求，主動吸收必要的知識和資訊。

為了瞭解英文而接觸聖經

我在宮城縣仙台市出生。從我小時候剛開始接觸語言，就有個奇怪的習慣。比方說，當我聽到「赤い靴（あかいくつ，紅色的鞋子）」這個單字，我就會把這個字分解成，「赤（あか，紅色）」與「幾つ（いくつ，幾個）」。另外，「ラジオ（らじお，收音機）」這個字，我分成「ラジ（らじ，無特別意義）」跟「オ（お，與助詞を同音）」，所以「ラジオを聞く（らじおをきく，聽收音機）」就會變成「ラジを聞く（らじをきく，聽ラジ）」。很多小孩子聽到「血が出た（ちがでた，流血了，其中が為連接名詞和動詞的助詞）」時會誤以為「血が（ちが）」是血的意思，所以自己說話時就會說成「血ががが出た

（ちがでた）」，而我所犯的錯剛好跟這些例子相反。

有一次，我問家母「『いくつ（幾個）』英文怎麼說？」她告訴我是「How many」，那「赤い靴（あかいくつ、紅色的鞋）就是red how many囉」，我還記得我是這麼回答她的。也不知道為什麼，當時我已經知道紅色就是red。這個誇張的誤譯，可以說是我第一個翻譯經驗。家母說，從這個小地方也可以看出，我從小就是一個對語言有強烈興趣的孩子。

小學畢業後，國、高中與家母和家姐一樣就讀宮城學院。我並非出身於基督教家庭，不過，宮城學院是一所教會學校，上課科目裡有聖經課。當時我從《舊約聖經》裡特別有些新鮮發現，覺得內容好像日本傳統神話的故事，不過，我並沒有因此而產生虔誠的信仰。儘管如此，直到現在我依然相當感謝宮城學院給我的教育，因為直到我成為專業口譯員後，才了解到在國中時確切吸收聖經內容，對我來說，確實是個相當大的優勢。

當我們聽到「揮淚斬馬稷」這句話，必須了解這句話的意思是指「雖非本意，但為了大局不得不割捨心腹」。這句話引自中國的《三國志》，日文有很多用法都借用自中文經典。同樣地，在英文的對話、文章裡，也有些頻繁引用的重要經典。

其中一個就是莎士比亞，比方說「The world is my oyster.」這種說法，如果直譯，意思就是「世界是我的牡蠣」，但這其實是出現於《溫莎的風流婦人》（*The Merry Wives of Windsor*）這齣戲裡的台詞，在這裡要表達的意思是「全世界都隨我心意」。現今使用的英文中，這些話語依然具有意義，身為專業口譯員必須要懂。

另外，還有相較於莎士比亞更頻繁引用的，就是聖經中出現的字句。比方說，如果直譯「David and Goliath」就是「大衛和歌利亞」，不過，在英文裡它的發音更近似「大衛和歌利亞斯」。聽到這句話後首先要能講出這兩個人名，然後也必須了解其代表的意思。

歌利亞是《舊約聖經》裡所寫到身材魁梧的士兵，在這裡指的是必須和這位身形龐大士兵對戰的「危險局面」，也就是「以小勝大、以弱擊強」。英國政治家官僚、學者在討論會議當中可能會提到「The four horseman of the apocalypse（啟示錄四騎士）」。這句話的起源來自《新約聖經》最後的啟示錄，其中提到騎著四匹馬來破壞地上王國（現在的世界）的人，而這裡的騎士各自象徵著「戰亂」「饑荒」「疾病」與「死亡」。

類似這些引用自莎劇或聖經等經典的慣用說法，一般來說，是在學會語言一般文法後應該了解的課題。對專業口譯員來說，也是極為棘手的障礙。不過，我因為自國中起就在聖經課上吸收基礎知識，才能了解這些內容。

儘管如此，經典的引用對口譯員來說依然是個難關。一九九三年東京高峰會中，時任英國首相的約翰·梅傑（Sir John Major）在演說裡，引用十九世紀詩人丁尼生（Alfred Tennyson）的〈輕騎兵的突擊〉（The Charge of the Knight），我從沒讀過這首詩，也不知道它的日文篇名。雖然知道奧地利知名作曲家法蘭茲·馮·蘇佩（Franz von Suppé）的〈輕騎兵〉這首曲子，可是那首曲子的英文名稱叫做Knight Cavalry。再者，〈輕騎兵的突擊〉其實是描述克里米亞戰爭中實際發生過的悲慘戰鬥故事詩，如果我事前知道這些背景，或許可以把它轉換成日俄戰爭的二〇三高地，巧妙地譯成日文。

進入中學後，我開始正式學習英文，宮城學院的英文課相當特別。首先，國中一年級的第一學期，我們必須徹底記好英文音標，包括符號的念法還有正確的發音方式。在這之後，我記得還得經常背誦英詩。讀詩時節奏感相當重要，所以除了能學習到英文音標，也能幫助我們習慣英語的「聲音」。

當然，同樣是國中生，其中總是有喜歡英文和討厭英文的人。我從小學習小提琴，原本就對音樂很有興趣，所以非常喜歡這種重視「聲音」的英文課。但是，我並沒有因此加入學校的英語研究會等社團。我想，小時候的我，應該對許多事都充滿興趣吧。

到德州達拉斯當交換學生

高三時學校徵求到美國的交換學生，喜歡英文的我，抱著「非去不可」的決心接受考試，也幸運合格。與其說是「喜歡英文」，原因其實更單純，我只是「想去美國」而已。現在出國旅行已經稀鬆平常，大家或許很難想像我當時的心情吧。畢竟那個時代一美元兌換日圓為固定匯率三六〇日圓，日本人出國僅限於工作目的，連觀光旅行都還沒開放。

我留學的地點是德州達拉斯，直到現在還很多人記得這個「約翰．甘迺迪（John F. Kennedy）遭人暗殺的地點」，不過，我去交換留學的時候是一九六一到一九六二年，甘迺迪遭到暗殺是在一九六三年十一月二十二日，因此，當時一般日本人聽到這個地名都會覺得好奇：「達拉斯在哪裡？」我還記得出發到美國時，前來送行的朋友用仙台方言對我說：「小鞠，去了達拉斯，可不要變得邋邋遢遢啊。」

達拉斯是個棉花的出口地，所以當地有一位日本貿易商人，另外，還有一位在二戰結束後從日本嫁到美國的女性，當時在達拉斯的日本人大概只有這兩位，而我幾乎沒有機會跟他們見面。那時候我能用到日文的機會，大概就是寫信和讀信的時候。而且，隨著我愈來愈享受在美國當地的生活，寫信、讀信的機率也漸漸減少了。另外，那個時代不像現在有網際網路。留學的十個月期間，可以說每天都泡在英文裡。

現在的語言學習法中有所謂「完全沈浸式（Total Immersion）」，也就是當日本人學習英文時，應該過著完全與日文隔離的生活，不光是靠腦袋，而是用全心全意甚至全身來記憶英文。現在回想起來，我當時的狀況或許跟這種學習法的經驗非常相似。十個月後回到日本，所有留學生剛好有機會拜會當時的文部省（現文部科學省），報告回國。那時候由我代表留學生發表演說，還記得因為忘記日文怎麼說，我表現得相當慌張，現在和當時的夥伴見面，大家都會取笑我：「那時候小鞠因為說不出日文，手一直轉個不停，那個樣子實在令人難忘。」這也代表著我真的過了十個月與日文隔絕的生活。

那時候，我的英文大約到什麼程度呢？我自認在日常生活中並沒有感覺到語言的障礙，也能跟上學校的課業，所以應該「十分夠用」。但沒想到，到了留學生活的後期，一次校外教學的課程中，我們去看了《紐倫堡審判》（*Judgement at Nuremberg*）這齣電影的首映。那時候，我完全無法理解電影內容。

紐倫堡審判跟戰後在日本召開的東京審判一樣，是裁決第二次世界大戰戰犯的軍事法庭。這齣電影重現了審判中的過程，片中講的英文大多是法律用語。我自以為自己已經「能說英文、能懂英文」，可是，我現在還記得當我發現自己一點也聽不懂那些專業術語時，心中的愕然與驚訝。其實說到法律用語，現在我還覺得很頭痛。尤其日本民法的條文幾乎還保留明治時期的狀態，現代的日本人聽了也很難理解。

另外，如同前一章所介紹，在紐倫堡審判中出現了世界上首次的「同步口譯」。當時我並沒有想到自己將來有一天會在類似場合中工作，不過，正當我對自己的英語能力稍感自滿的時候，給了我重重一擊的，正是記錄紐倫堡審判的電影，讓我感覺這是奇妙的緣分。

容易受到啟發的少年時期

一九六一年，越戰已經開打，但當時還留有一九五〇年代後半「美國最美好年代」的氣氛。遭受越戰創傷之前的美國充滿自信。當時收音機裡經常播放貓王艾爾維斯・普雷斯利（Elvis Presley）、保羅・安卡（Paul Anka）、尼爾・沙達卡（Neil Sedak）等歌手的音樂。當時披頭四（The Beatles）還沒正式出道，流行音樂的世界裡是「一九五〇世代」獨占鰲頭的時期。

我的住宿家庭是一戶虔誠基督教的白人家庭，我就在這種充滿古老美好時代氛圍的美國，度過十多歲的善感時期，幾乎毫無抵抗地愛上美國。之後上大學，周圍高唱「反對越戰」。我也受到影響，轉為反美立場，實在令人不敢置信。

十多歲的年紀在學習語言上也像沙地吸水一樣，不斷迅速地吸收新知識，這可能也是因為這個年紀的孩子相當容易受到「啟發」吧。就拿我自己來說，這種傾向特別強烈。我從小學習小提琴，有一段時期還立志要考藝術大學。中學時我也經常參加在其他城市舉辦的公演。只要在公演城市停留三天左右，我就會染上當地方言的習慣。

留學生涯接近尾聲時，有一場全美各地住宿家庭留學生聚集在華盛頓特區（Washington, D.C.）的活動。我也搭著巴士，一路投宿新墨西哥、奧克拉荷馬等各地，前往華盛頓特區。在俄亥俄州參加與當地高中生的交流會時，我感覺一種在達拉斯未曾感覺過的異樣。剛開始我自己還不清楚那是什麼樣的感覺，後來當我察覺到之後，心理感到很大的衝擊。原來俄亥俄州當地的高中生裡，有很多我在達拉斯時幾乎沒接觸過的非裔美國人。達拉斯也有非裔人種，但是我寄宿在白人家庭中，當時留學的高中裡也沒有非裔學生。

我自己也是有色人種，住在美國這段期間不管住宿家庭或者學校同學都對我很親切，所以我大可不必大驚小怪，只要知道原來俄亥俄州也有非裔高中生就行了。但是因為我太習慣在達拉斯只有白人的環境，儘管知道種族歧視是不對的，心裡還是覺得怪怪的。

另外還有一點。當我回國回到宮城學院後，學校擔任教職的傳教士聽了我的英文，很驚訝地說「What kind of English are you speaking?」意思是「妳說的是什麼英文？」那位老師來自康乃狄克州（據說口音相當重），原來，當時我的英文也已經有濃濃的德州腔了。

英文是工具

結束十個月的美國留學生涯，高中畢業後我進入位於東京的國際基督教大學（ＩＣＵ，International Christian University）就讀。留學回國後，我腦中只有個模糊的念頭：「希望繼續學英文，如果想增進英語能力，ＩＣＵ應該是個好選擇」，而我也如願進入這所學校。

進入國際基督教大學之後，這裡跟我國高中時就讀的宮城學院一樣，英語教育相當特殊。第一年是所謂「新鮮人英文（Freshman English）」，總之，課程相當強調英文。不過大學生多少有點年輕氣盛。看到一般大學裡會有通識課程，能接觸到哲學或思想課程，也有些期待「進入大學可以學習到不同於高中

『更上一層樓』的學問」的人，心中漸漸累積不滿。

但是，我認為正因為有這一年的特訓，才能讓國際基督教大學畢業生都能游刃有餘地應用英文。實際上，ICU的科目裡有一半以上都是以英語教學。

不過，針對歸國僑民這類英語能力已達一定程度的學生，校方另外設有「新鮮人英文學分抵免」的考試。我因為高中時已經有留學經驗，所以接受這項考試，考試的結果為「部分抵免」，跟我一起赴美交換留學的人也有些獲得「完全抵免」，這或許也代表我的英語能力就這點程度，只能算是半吊子吧。

結果，我雖然得以免除大部分的新鮮人英文課程，但還是得上閱讀和辯論課。我原本閱讀英文的速度就不快，對於實力不足這一點我也有自知之明。但是當時沒能抵免辯論課，讓我有點出乎意料。現在回頭想想，或許老師們判斷，辯論課可以有效補強我欠缺的「語彙能力」吧。

進入大學後不久，我開始認為「英文是工具」。我原本帶著「想學更多英文」的念頭而選擇了ＩＣＵ，主修也是語文科系。可是，我漸漸發現自己真正想學的並不是「說明in、on和at的差別」這種語言學式的研究。因此在大一結束時，我轉到國際關係系。

這種「英文是工具」的想法直到現在都沒有改變。成為專業口譯員之後，甚至更加確信這種想法。如同我在本書最前面所提到的，如果心中沒有想要傳達的訊息，一個語言能力再好的人都無法打動人心。此外，對於在華爾街等國際金融市場中工作的日本人來說，英文充其量只是一種工具。在這時候更重要的是具備多少金融市場相關知識，還有能不能因應不同場面，適時活用這些知識。

當時我心裡只空有個模糊念頭，但是我已經開始想要純熟運用英文這個工具，超越語言和文化的隔閡，搭起國與國之間的溝通橋梁。

在學生集會擔任口譯

當時的大學可說進入了「政治的季節」。我的年紀比全共鬪（譯注：全學共鬪會議的簡稱。一九六八年至一九六九年之間日本各大學學生自然聚集而成的左派學運組織）世代稍長一些，不過學運紛爭已經燃起火苗。國際基督教大學在這方面更是走在時代尖端，我在學中也發生過幾次罷課，或是學生占領大學校舍的事件。

當時我也曾經參加過一次學生集會。其實我的政治意識並沒有特別強烈，為什麼會參加集會，詳細經過我也記不清楚了，可能只是因為當時心儀的男學生也參加了吧。

那時，國際基督教大學裡有許多來自國外的老師和學生，集會的主辦人對我說：「喂，妳會說英文，在旁邊幫忙同步口譯吧。」我一開始拒絕了，表示自己沒辦法做口譯，但結果還是硬著頭皮上場。在那之後，我開始在許多集會上負責口譯。大二時到東京奧運打工，之後我也以這種形態，體驗了多次口譯志工的工作。

我記得東京奧運的口譯打工與當時一般餐飲店的服務生相較，待遇大約多四倍，而且還能拿到一套上面有日本國旗的夾克、裙子、皮包等制服，這是相當優渥的。我那時候心裡應該有著「口譯工作真好賺」的念頭。當然，那時的我對口譯的工作內容一點都不了解。以為只要把語言英日雙語互譯、機械式轉換就行了。現在想想，這種想法真是淺薄。

就在這樣的日子當中，眼看著大學即將畢業，我得決定將來要從事什麼行業。可是我對於進入一般企業工作有著莫名抗拒，就在我還搖擺不定之下，時間飛快流逝。那個時代我覺得很好賺的口譯工作，尚未正式確立為一種職業，即使想當口譯員也不得其門而入。另外，曾是東北大學教授的家父也對我說：「不想找工作，就回仙台來吧，要找工作可以留在東京。不過，如果想進東京大學的研究所，那還可以考慮考慮。」

結果我到了大四才決定報考東京大學研究所，繼續研究國際關係。但沒想到，剛好在那一年入學考試科目裡增加了法文。過去，我只在國際基督教大學過一點法語會話，程度根本不足以應付研究所入學考。但是，這時候我「不想揮汗努力」的性格又出現了。當時我為了學法文所做的努力，頂多是買了《小王子》（*Le Petit Prince*）的法語版和日文譯本對照著看而已。

當然，我並沒有考上。除了法文以外的科目都沒有問題，我本來想重考一年，到Athenee Francais上課學法文，但家父不答應。這下該怎麼辦呢？就在這時候，ＩＣＵ的教授，同時也是研究演講溝通學、致力於培養同步口譯員的齋藤美津子老師對我說：「不如妳留在學校裡當我助理吧。」

所謂絕處逢生，說的大概就是這種情況吧。不過，當我決定答應齋藤老師的邀請留在ＩＣＵ後，創立Simul International的國弘正雄、村松增美、小松達也等資深前輩，也來邀我合作。

成為Simul International的口譯員

有一次，我參加越南和平市民聯盟的集會，發現國弘、村松、小松等人在此擔任口譯志工，就像我平時在學生集會時協助口譯一樣。

那時我會參加只是出於好奇：「小田實（譯注：一九六〇年安保鬥爭時期開始從事倡議和平運動，於越戰期間組成了越南和平市民聯盟）不知道要說什麼？」他們看到我，對我說：「我有點累了，妳來幫個忙吧。」大概已經知道我過去曾經在集會上口譯過吧。那天集會之後，他們對我說：「我們打算成立一間叫Simul的公司，妳要不要也來當口譯員？」

村松擔任Simul International的首任社長，而小松在卸下社長職位後，現在繼續以顧問身分在Simul Academy中參與培育新進口譯員的工作。國弘有「同步口譯之神」美譽，曾經在三木武夫內閣時參與外務省的工作。這三個人對我來講都是資深前輩，而他們跟我也有共通之處，我們都並非歸國僑民，是靠著自學學會英文的。

假如留在大學裡，光靠助理薪水也無法維持生活。於是我決定一邊繼續助理工作，同時靠接口譯案來賺取生活費。當然，口譯工作是論件計酬的，所以Simul並沒有每個月給我固定薪資，我們也沒有簽訂正式契約。一切都是口頭約定。不過他們告訴我，我們會向客戶收取與技術和勞力相應的口譯費用，也能支付相應的口譯費。

剛開始收到的報酬確實很不錯。當時大學畢業的男性平均第一份薪資大約兩萬四千日圓，薪資較高的企業頂多也是約四萬日圓左右。當他們告訴我可以支付不錯的薪水時，我心裡期待每個月大概能有四萬圓左右的收入，事實上，從來沒有一個月低於這個數字。

我就在沒有付出太多努力，幾乎是順勢水推舟的情況下成為口譯員。但是在東京奧運打工時覺得「口譯滿好賺的」這個印象，似乎沒有太大出入。

不過，現在回頭想想，真的讓我覺得賺到的，應該是當我口譯技術還不夠純熟時，就有機會在第一線現場累積經驗。在必須因應狀況臨機應變、做出判斷的口譯工作中，再也沒有比實戰經驗更寶貴的財產了。

當時我的英語能力如何呢？如果考了托福（TOEFL，Test of English as a Foreign Language）或多益（TOEIC，Test of English for International Communication）測驗，或許能藉由分數客觀評量英語能力，但我從來也沒有接受過那些測驗。

小松達也在著作《口譯英日語》（暫譯，原書名『通訳の英語　日本語』文春新書）中寫道，進入美國大學就讀所需要的托福分數為五五〇分，但是就算拿了六〇〇分以上，有時候也很難跟得上美國的課堂狀況。而開始接受口譯員訓練，至少需要托福六〇〇到六三〇分程度。根據這些資訊推斷，當時我的托福考試成績大約落在五五〇到六〇〇分之間吧。也就是說，我大學畢業剛開始擔任口譯員時，其實還沒有達到足以接受口譯訓練的水準。（編按：以上計分皆為舊制托福）

以這種在職訓練（on the job training，從工作中學習）的狀態，展開我的口譯人生。想想現在年輕口譯員身處的狀況，我真的覺得無比愧疚。

現在，很多人的英語能力遠比當初的我更加優異。不過，也因為口譯員和仲介機構數量增加，競爭愈來愈激烈，但是，口譯費用並沒有隨著物價上漲而提升。再者，能在大型國際會議等華麗舞臺上工作的機會也相對減少。我大學畢業時的口譯業界，幾乎是由Simul International獨占的狀態。我能享有這些幸運條件，展開口譯人生，或許是我的「創業者利得」（promoter's premium）吧，因此，我更想透過本書把自己過去的經驗與各位讀者分享。

第三章

口譯員的生活和技術

成為專業口譯員

我直到現在還記得成為專業口譯員後的第一份工作，那是一場低溫工學的國際學會。美國科學家以英文進行的論文發表，由我來譯為日文。當時，很幸運地事先拿到發表內容相關資料。

不過，要是因為拿到白紙黑字的資料就此安心，可是會出大紕漏的。因為發言者不見得會照事先所寫的講稿說話。尤其是低溫工學這種日常生活中一般人幾乎沒聽過的專業領域，稍有鬆懈就可能會吃苦頭。在這之後，我也嘗過幾次這種經驗。

當時的我，以托福考試來說，分數根本還沒達到足以接受口譯員訓練的水準，可以說是出道之作。我努力思考該如何才不會搞砸，演講之前，我去找了講者。找他做什麼呢？當然就是拜託他：「請您依照講稿上的內容講。」他盯著我的臉，對我說：「好，我會照著講的。」儘管如此，我還是很擔心，再次確認：「真的嗎？講稿沒寫的請您都別說喔！」當時我真的是豁出去了。好，演講終於開始。發言者開場先說：「呃，口譯員逼我要照稿演講，我也答應她了，所以，接下來我會信守承諾。」

會場頓時湧起一片笑聲。這就是我在口譯界出道的回憶。

音樂聆賞和英文聽力

經常有人問我：「如何提升英文聽力？」「該怎麼訓練英文聽力？」事實上，我並沒有做什麼特別訓練。但是，我確實覺得自己的英文聽力還算不錯。唯一想到的可能，就是自我持續練習的小提琴。

前面提過我有一段時期甚至夢想能夠考藝術大學。實際上，我的老師身邊有一群「協助應考小組」，我也曾經是其中一份子。我們曾經一起參加外地公演，還遠赴東京上課，為了朝向夢想前進，不斷磨練自己的技藝。

但最後我這個夢並沒有實現，我沒能在交響樂團中拉小提琴，現在卻在國際會議裡擔任口譯。那麼，我是怎麼放棄夢想的呢？記得國中時，曾經有位跟我同齡的女孩到我家來過夜，當時她拉了塔替尼（Giuseppe Tartini）的〈魔鬼的顫音〉（Devil's Trill Sonata）這首曲子。從名稱也可以知道，這首曲子需要相當高超的技巧，我當時深受打擊：「怎麼可能有人國中就會拉這首曲子！」覺得自己的能力根本不及別人分毫。

想當然爾，她一定是經過一番苦心練習才拉得出那首曲子。既然如此，我只要加緊腳步努力跟上就行了，不過，我畢竟不是一個努力型的人。即使成為口譯員，現在這種個性也沒什麼改變，那時候，我很乾脆就放棄報考藝大的夢想。

現在，我的興趣從小提琴轉向中提琴，依然喜歡演奏樂器，偶爾也參加演奏會。雖然放棄了進藝大的夢，但是站在訓練聽力的角度，我想持續演奏樂器並不是浪費。

我並沒有「為了提高英語聽力而做特別訓練」，除了翻譯口音極重的英文以外，在聽力上並沒有感到特別困擾。當然，我每天都會收聽電視或廣播的英語節目，也順便蒐集口譯必須的各種資訊，但我自己認為，或許因為持續演奏樂器，自然而然地磨鍊我的聽力。

說個題外話，除了小提琴之外，我還有另一個夢想，那就是「當法官」。小學時我很崇拜莎士比亞劇作《威尼斯商人》（*The Merchant of Venice*）出現的鮑西婭（Portia），因此希望「將來成為法官，制裁所有壞男人。」而這個夢想在我對英文開始感興趣，進大學沒有挑選法學系時，大概就已經結束了。現在別說制裁壞男人了，反而好像居於時時受到檢視、遭人論斷「譯得好不好」「有沒有誤譯」的立場。

職業婦女第二代

邀我加入Simul International的國弘、村松、小松等人都是男性。當時的口譯員幾乎都是男性。其實不只口譯員，當時的日本，女性在婚後繼續工作的應該屬於少數。但是，看看現在口譯業界，反而是女性占了壓倒性多數。最近我開始有許多機會在這些年輕女性口譯員，或者希望成為口譯員的人面前演講。

習慣演講的人多半會有幾個自己的「慣用招數」，每次對這些故事稍作不同編排來發表。反正聽演講的聽眾基本上每次都不一樣，這樣其實也無妨。但是我每次演講總是忍不住要說些新話題。因為我覺得一再重複相同的話題，會喪失自己心裡傳達訊息時最重要的「熱忱」。

演講之後，多半都設有問答時間，由於聽眾有九成以上都是女性，因此幾乎每次都會出現「如何兼顧工作和養兒育女？」這個問題。我在兒女成年之後離婚，面對這個問題，首先我會先說到自己兒時的經驗。

家母在那一輩的女性中，也是罕見的職業婦女，跟家父結婚生下家姐和我之後，她依然持續工作，所以我可以說是職業婦女第二代。

家母從宮城女子大學（也是我的母校）英文系畢業之後，跟家父結婚之前，在東京現在的KDDI工作，擔任國際電話接線生。結婚後回到仙台，在戰後駐日盟軍最高司令官總司令部的民事部工作，一樣也從事跟英文有關的工作。

我身邊還留著一張老照片，那應該是二戰結束後不久拍的。當時我還是個幼兒，對拍照這件事沒什麼印象。照片裡，一位美國駐軍士兵將我抱在懷裡，笑嘻嘻地跟家母一起入鏡。

二戰結束之後，美國駐軍來到位於仙台的戰前舊陸軍第二師的據點，當時日本人對於美國駐軍只有「可怕」的印象。這一點，從照片裡偶然入鏡的鄰居男孩臉上害怕的表情就可以知道。

但是，家母為什麼敢讓那駐軍士兵抱著我？我想這都是因為語言的力量。因為家母能和駐軍士兵們以語言溝通，所以她並沒有「駐軍看到日本女性都有非分之想」的成見，她判斷「這位駐軍士兵是安全的」，才敢讓他抱著年幼的我。

家父的體諒

家父是東北大學地質學教授。總是在我家後山到處走，弄得一身髒。用時下的流行語來說，大概算是個「自然主義者」吧。不過，當時可沒有這種稱呼，朋友到家裡來玩時，我可一點都不覺得驕傲。

但是現在我不難想像，正因為家父如此，家母才能持續她的工作。前面提到，當我以口譯員的身分在高峰會裡工作時，家父相當高興。我記得姐姐找到工作時，家父也很開心。我猜想，他一定從來沒對家母說過「辭掉工作，一直待在我身邊」這種話吧？

家父是大學教授、家母則畢業於女子大學英文系，聽我這麼說，旁人總認為我家一定是個充滿知性的家庭。不過，我家的書架上並沒有如各位想像那般擺滿英文原文書。家中英文書大概只有《鵝媽媽》（*Mother Goose*）吧？當時書本的價格還很昂貴，不管哪一個家庭都不像現在能有許多藏書。儘管如此，跟其他家庭比較起來，或許英文在我家並不算距離太遙遠。

可是，我從家母身上傳承到的並不是英文，而是「今後女性必須有一技之長、自立能力」「女性要有經濟自主能力」這些教誨。

「開心」的相反並不是「寂寞」

由於家母在外工作，小時候她經常不在家。所以我記得偶爾平日家母休假在家時，放學後飛奔回家，家母會在家裡一直陪我們玩。當我說：「我回來了！」，聽到家母回應「回來啦！」瞬間的開心，直到現在都很難忘。

可是周圍有些大人看到我這麼開心，會說：「真可憐，一定是因為平常媽媽不在，所以很寂寞吧。」但是這些話聽在我耳裡，卻很不可思議地反應：「你們在說什麼!?」家母在家，我當然很開心，不過，家母出外工作時，我也沒有因此覺得寂寞；因為對我來說那是「正常」的狀態。「開心」的相反並不是「寂寞」，而是「正常」。

正因為自己有過這些體驗，所以自己成為母親後，我也確信「母親有工作、經常不在家，不見得會讓孩子覺得寂寞」。

在外演講時常有人問：「如果外出工作那天孩子突然發燒，您會怎麼辦？」我的答案是：「我會先安排好照顧孩子的人，然後出門工作。」可能有人覺得我是個冷酷的母親，但我覺得：「難道說，母親陪在身邊，孩子就會退燒？」

孩子小學運動會那天如果有工作，也是一樣的道理，我一樣會出門工作。可是，這種時候我一定會先做好飯盒給小孩帶去，並且找好能代替我在孩子的運動會上替他們加油的人。擁有這種在「非常」時期願意伸出援手的朋友和夥伴，確實非常重要。要能這麼做，最重要的還是從平常就有良好的溝通。

職業婦女的「任性力」

像這種即使孩子發燒也照常出門的「想工作！」態度，我把它稱為「任性力」。支撐這種「任性力」的助力，除了對孩子們的信賴，當然，身為母親還必須有「想工作」的強烈意願。

所以，如果無論如何都還是擔心孩子，我會建議這位母親「留在孩子身邊」。最重要的是，現在自己「想做什麼」。

老實說，在比我年輕的女性口譯員中，許多人都很看重家庭，面對工作的態度，讓我有些無法苟同。這些人私下找我商量，聽我提到「任性力」時，不少人會回答：「我沒辦法像長井小姐這樣有魄力。」

當然，每個人都必須珍惜自己的家庭。想把家庭擺在第一位的人，大可坦率地依照自己心意行動。不過，我從一邊工作一邊守護家庭的家母身上還學到一件事，那就是婚後持續工作的女性，為了喜歡的工作而努力做家事、照顧孩子，另一方面也為了家人而努力工作，這兩種「努力」往往是一體兩面。為什麼一定要在「工作或家庭」中二選一，而不帶著「工作和家庭都要努力」的想法呢？對我來說，女性即使結婚進入家庭，繼續工作也是理所當然的事情，沒有什麼特別的；我很難理解「工作或家庭」這種二選一的想法。就算工作和家庭兩者都無法做到盡善盡美，但是兩方面都能細水長流持續下去，一定有其意義。在漫長人生中，有些時期必須以工作為重，也有些時期必須把重心放在家庭上，沒有必要完全捨棄其中一方。而大刀闊斧地取捨，告訴自己「現在也只能這樣」，有時也是必要的。

結婚與迷惘

我結婚的對象是大學同學。我們在大學裡也參加同一個音樂社團，我拉小提琴、他吹長笛。畢業之後，他進入外務省，以語言研習生身分在前南斯拉夫貝爾格萊德（現塞爾維亞首都）的日本大使館工作。當時我們已經登記結婚，不過，語言研習生無法帶家人同行，所以在他研習三年期間我留在日本，等到研習終於結束，才到貝爾格萊德去。我們一起開始生活是在一九七二年。

當時的我，已經逐漸習慣大學畢業後開始的口譯工作，正處於開始能負責重大工作的「起飛期」。前面說過的大學助理工作依然持續，不過，我還是決定把工作辭掉，暫時選擇回歸家庭。前面提到兼顧「工作和家庭」，但是，當

在貝爾格萊德養兒育女中的作者

時我心裡並沒有一絲「猶豫」。因為對我來說，女性工作是理所當然的事。可是到了貝爾格萊德，並沒有太多日文或英文的口譯工作。而我也很看得開，決定「這段期間停止工作暫時休息吧。」

我在貝爾格萊德先是生下兒子，兩年後又生了女兒，於一九七五年回到日本。再次回到口譯工作時，發現我去貝爾格萊德之前，只能負責比我小、輕鬆案件的後輩，現在已經能擔當重任了。或許這只是一種孩子氣的競爭心態，但我心裡確實有股不甘，覺得「長江後浪推前浪」。為了彌補自己的空白，我埋首努力工作，從一九七八年在德國舉行的世界七大工業國（G7）波恩會議起，開始負責高峰會的口譯。

一九八〇年，當時外子（我的前夫）再次派駐貝爾格萊德的日本大使館。這時候我就猶豫了。孩子是不是有父親在身邊比較好？我是不是該帶著孩子們去找先行赴任的丈夫？第一次到貝爾格萊德時，心裡並沒有太多猶豫。但這個時候，我真的非常苦惱。

最後，我還是選擇到貝爾格萊德。第二次住在貝爾格萊德的時間，從一九八〇年到一九八三年。後來，外子在一九八三年從貝爾格萊德轉任澳洲坎培拉時，我也帶著孩子們一起搬過去，住到一九八六年。但這段期間我每年還是會接幾件口譯，我對工作的熱情果然沒有絲毫減少。

貝爾格萊德的回憶

我住在貝爾格萊德的時間分別是一九七二到一九七五年，以及一九八〇到一九八三年。其實，除了母語日文之外，我僅次於英文擅長的第二外文，就屬塞爾維亞語了。雖然一九八〇到一九八三年期間，我曾經承接過幾次口譯工作，平常我則完全是家庭主婦。我學會用塞爾維亞語說「洗衣夾」「請給我牛肉，算便宜一點」，但是，有時候，竟然突然無法用英文順暢說出政治或經濟用語，讓自己都很訝異。

學習塞爾維亞語的過程中，我不曾特別看書學習。大概就跟我小時候學習小提琴的經驗一樣，赴外地參加演奏會時，只要短短三天時間，我就能習慣當地方言。同樣地，在自然而然中習慣塞爾維亞語。反過來說，塞爾維亞語中使用的基里爾字母，我始終記不得。直到現在，我雖然看得懂文字，還是不擅長寫基里爾字母。

其實，在家庭主婦的生活中，到超市購物時，能不能看懂「特賣品」這幾個字，是相當重要的問題。我是透過跟鄰居塞爾維亞太太們聊天串門子，才學會這種語文。所以類似英文中「Oh, really?」這種串聯對話的塞爾維亞語，我相當拿手。

其實，我本來就是個「長舌婦」。現在成為口譯員，應該也不無關連。如果一個人喜歡英文、有雙語能力，但是卻討厭說話，這種人應該不會成為口譯員，而會選擇當翻譯家吧。

日文中的「どうも（Doumo）」這個字相當方便，有時候是「謝謝」的意思，有時候又是「你好」。外國人學習日文時，只要學會「どうも」這個便利

單字，即使不擅長日文，也能夠擴大對話的空間。類似這種字，在英文和塞爾維亞語裡也都有，但是在艱澀的語文學習書裡並不會介紹。我跟鄰居太太串門子時，雖然只能模糊掌握到整體對話的梗概，但是對話當中頻繁使用的這些「便利單字」，我都能確實巧妙吸收，並且實際運用。就算用錯了，也是一種學習；假如用對了，自己能主動參加的對話範圍就頓時擴大許多。

住在貝爾格萊德這段時間，透過跟當地人嗑牙聊天，讓我雖然讀不懂文字，不過去市場購物時，我卻能充滿自信和大叔大嬸溝通。

第二度來到貝爾格萊德時，南斯拉夫因為貨幣危機導致商品不足。所謂貨幣危機，是指以往用外幣進口的物資價格高漲或者無法進口的狀況。儘管如此，因為平常跟大叔大嬸們有交情，其中我跟肉店大叔感情特別好，雖然沒有給他什麼賄賂，但是在物資不足的狀況下，每當有肉進貨他都會優先用一般價格賣給我。當時我有「貝爾格萊德日籍婦女會食肉部長」的綽號呢。

第一次到貝爾格萊德是一九七〇年代，那時候，有「南斯拉夫統一之父」美譽的狄托（Josip Broz Tito）總統還在世。一九八〇年第二次前往時，狄托總統剛過世，我記得當時舉國服喪。剛剛說的貨幣危機，就是發生在狄托過世之後。

貨幣危機之際，也頻繁發生停電現象。東京在三一一大地震之後，也曾實施一天八小時的「輪流停電」。冬天時沒有電，當然也不能使用暖氣，天寒地凍相當難受。

這時候，我會告訴年紀還小的孩子們：「莫札特以前沒有錢，都是跟他太太一起跳舞驅寒的喔。」然後一起跳起「科洛舞」這種塞爾維亞土風舞。

日本航空四七二號班機劫機事件

我前面繞了些遠路介紹我的「口譯人生」，現在，再重回口譯現場吧，接下來，要跟各位分享的是「口譯技術」。

現在大家在BS頻道的海外新聞節目中經常能聽到同步口譯，而電視現場轉播首次採取同步口譯是在一九六九年，阿波羅十一號登陸月球的時候。當時將NHK實況轉播首位踏上月球的阿姆斯壯（Neil A. Armstrong）談話加以英翻日的口譯員，是日本同步口譯界的前輩西山千。其實，當時從月球傳回的訊息雜訊相當嚴重，聽說光是要聽清楚就已經相當困難。Simul的前輩村松和小松也在當時的實況中擔任同步口譯，村松負責的是富士電視台，小松負責的則是現在的朝日電視台（當時的NET電視台）。在他們各自的工作都確定之後，Simul才接獲NHK同步口譯的委託，因此小松介紹當時任職於美國大使館的西山。

我也曾在一九七七年發生在達卡的日本航空四七二號班機劫機事件時，負責同步口譯劫機的日本赤軍成員和地面管制官對話的衛星實況。這個經驗在往後的職涯中，讓我對口譯這份工作有了更深入的思考。

一架從巴黎出發、飛往東京的日航班機，離開暫時停靠的印度孟買之後不久，隸屬日本赤軍的劫機犯強迫機師變更航道，降落在孟加拉的達卡國際機場。劫機者以乘客和機組人員共一百五十多人的性命為籌碼，要求日本政府支付六百萬美元的贖金，並且釋放被捕的夥伴。

劫機發生在九月二十八日，隔天日本政府採取權宜之計，接受犯人的要求，在十月一日前往達卡。我在東京的電視台攝影棚，一邊聽著劫機犯透過無線通訊以英文向管制官要求水和食物，一邊進行同步口譯。像是「Give us water.」，我就譯為「請拿水給我。」現在回想起來，我應該將劫機犯的語氣譯得更強烈一些（例如「拿水來！」）。類似我在前言中提到「如果講者泣不成聲地說話，口譯員也該同樣淚如雨下地譯出嗎？」的問題，雖然沒有正確答案，不過，如果是現在，或許我可以能夠做出更符合當場狀況的口譯。

在沒有正確答案的狀況下，口譯員該如何接近「更恰當」的譯法呢？回顧「日本航空四七二號班機劫機事件」，我現在可以確定，首先，口譯員也是人，具備自己的情感和倫理觀念，所以一定會會受這些因素左右，遇到覺得「不想說」的狀況。

挾持著一百五十多位人質的性命，向政府提出不合理的要求，在一般的認知下難以令人接受。我無法對犯人產生共鳴。在這種情況之下，口譯員也無法做出任何精巧的口譯。我想，類似「如果不把我要的錢帶來，妳女兒就沒命了！」這種話，我終究沒辦法說出口。

追求口譯的「正確答案」

自己無法認同，就無法譯得好。但是，反過來也可以說：「如果跟講者能有共鳴，就能譯得好。」有些人能聽懂外文，說得也不錯，但並非專業口譯員，當這種人因故來當口譯時，經常會用「他剛才說……」這樣的句型。這種譯法將講者和自己劃清界線，以第三人稱翻譯，不過，專業口譯員通常會用第一人稱譯出。在考慮到情感共鳴的重要性時，首先必須將自己和講者視為一體。

自從我有了這種想法，準備口譯工作時，除了演講內容相關的基礎知識（像是前面提到的低溫工學國際學會，就會是與此相關的基礎學術知識），包括講者的簡歷等背景，我也會盡可能了解。

例如，一場跟戰爭有關的演講，這個講者在戰爭中有過什麼樣的體驗？是不是曾經失去自己的家人？有沒有在戰場上作戰的經驗？是否事先瞭解這些資訊，將會大為左右口譯的完成度。

「如果講者泣不成聲地說話，口譯員也該同樣淚如雨下地譯出嗎？」這個問題沒有正確答案。但是如果不了解這些眼淚的意義，還有講者的悲慟有多麼深切，當然不可能做出最恰當的口譯。

立教大學鳥飼久美子教授所著的《口譯員與戰後日美外交》（暫譯，原書名『通訳者と戦後日米外交』，美鈴書房）這本書中，介紹以下這個小故事。

一九七五年，亞洲國會議員聯盟邀請了南越國會議員，舉辦一場國際會議。口譯界有一位資深前輩相馬雪香女士（已於二〇〇八年往生），當時她的女兒不二子也是口譯員，擔任了這場會議的同步口譯。我那時候人不在現場，但曾與不二子在高峰會中一起共事。雪香女士是素有美「憲政之神」美譽的政治家尾崎行雄之女，二戰結束之後不久就成為活躍的口譯員，曾經致力於拯救印支難民（譯注：通稱印支三國的越南、寮國、柬埔寨成立社會主義政權，經濟活動受限，產生許多擔心受到該體制迫害，或者不習慣生活於社會體制而逃離本國的難民，難民潮從一九七五年起持續到一九八〇年代。），當時，雪香女士也在會場裡聆聽口譯。

聽說會議開始不久，雪香女士衝到口譯廂前用力拍打，把女兒叫出來大罵，罵得不二子都哭出來了。她的口譯並沒有錯。可是當時南越首都西貢（現在的胡志明市）即將淪陷，國會議員們前來日本目的正是想尋求援助。雪香女士之所以發怒，是因為聽到口譯員以輕佻語氣翻出議員的話語。她甚至還說：「如果妳無法感受到那些人一心為國的熱情和危機感，就別幹口譯這行！」

前首相佐藤榮作「我會妥善處理」

我再介紹一個類似的案例。

一九八〇年代，日美之間的貿易摩擦問題逐漸浮上檯面，開始在各領域進行貿易談判。當時，美國強烈要求日本法令鬆綁、開放市場。

談判期間我負責譯出日方針對美方要求做出的回答。我耳中聽到：「站在日本的立場，首先我們實施了A。接著我們也實施了B，另外還有C。」因此，我依照平常工作的方式開始翻譯。這時，我身邊一位課長等級的官員告訴我：「長井小姐，請不要譯得太清楚、太果決，不要表現得『充滿自信』。」

貿易摩擦的起因是纖維貿易，一九七二年，日美簽訂纖維貿易協定，但起初日本對於美方「日本應自主管制纖維出口」這項要求態度並不積極。

一九七〇年，當時的佐藤榮作首相訪美，與時任美國總統的尼克森（Richard M. Nixon）會談時，提及這個問題，佐藤首相當時回答：「我會妥善處理。」其實這是敷衍問題的句子。但是，當時的口譯員將這句「妥善處理」譯為「I do my best.」，導致後來棘手的問題。

「妥善處理」這句話原本的意思是「妥為處置」，所以「I do my best.」，這個譯法並沒有錯。但是，相信各位也了解，當一位老奸巨滑的政治家說出這種話，他的意思大概是：「我知道你的要求，我會好好想想。」或是「我什麼也不會做。」

在我負責口譯的席間，日方對美方的要求態度也並不積極。我譯出的「A和B我們都做了。」其實只是美方要求的極小部分。我就在不了解日方真正心意的情況下口譯。所以，坐在我身邊的官員才會提醒我：「不要表現得『充滿自信』。」這對口譯員來說確實是個難題。但如果能事先知道日方所處的立場和心中的盤算，應該可以譯得更理想。

為自己說的話負責

在日美貿易談判時，討論經常會變得愈來愈激烈。席間大聲說話或者用力拍桌子的多半是美方，我也曾經親眼目睹過幾次。這時候，我身邊的日方談判官員會告訴我：「這是對方的戰術，不用在意。」不過，當發言者生氣時，我也會改變自己的聲調翻譯。但是，如果對方拍桌子我倒不會跟著拍，也不會面露怒容翻譯。

該在自己的口譯中反映多少程度講者的情感和動作，確實是個難題，不過，身為口譯員，首先應該考慮的是「用字遣詞」。

像是聽到對方的要求而反應激烈地高聲說：「你說什麼！」的時候，我並不會將它譯為「Pardon me?」。通常在兩國政府間的談判中，儘管一方否定對方要求，也多半會採取「看來，您的想法跟我的略有不同」這種聽起來比較委婉的表現方式。然而，當討論愈來愈激烈，說出「你的要求太不合理了！」這種強烈的句子拒絕對方時，還是應該選擇「unreasonable」（不合理）或者「unacceptable」（無法接受）表達。

但是，偶爾我還是會遇到煩惱「真的該照翻嗎？」的狀況。這個例子不是發生在貿易交涉席間，而是一次國際捕鯨委員會上，當時，日方出席者中有人大叫：「議長，你太無能了！」我實在無法判斷該不該直接將這句話譯為英文，轉身向後方的外務省官員確認，對方示意：「直接譯出來沒關係。」因此，我選用「incompetence」（沒有能力、不適任）這個直接的詞譯出。當時的與會者直到現在見了我還會說：

「那時長井小姐可真是譯得熱血沸騰呢！」

其實，那場會議上類似「你這個沒用的東西！」這種激烈的話語你來我往，氣氛相當激烈，連室內的溫度也跟著上升了。我是真的因為太熱而脫掉了身上的針織外套，但這個舉動卻讓周圍的人覺得我是個像遠山金四郎（譯注：原名遠山警元，江戶後期知名奉行，後世的歌舞伎及小說中將其描繪為喝斥惡人的正義判官。）般的熱血口譯員。

儘管有時我會再三確認「可以直接照翻嗎？」我依然認為口譯員不應該擅自判斷、編輯講者的發言。可能造成媒體最愛大肆渲染的「政治家的失言」，正確譯出原本的發言才是口譯員的工作。

不過，確實有些場面真的很難忠於原意、挑出最適當的譯文。但是，譯出的話語由「口譯員負起全責」，就是這個業界的行規。我曾經去上過一位日內瓦大學專門研究口譯教授的課，他對我們嚴厲地要求：

「一個口譯員必須要有接受各種責難的心理準備。」

實際上，真的有很多時候，得由無辜的口譯員揹黑鍋。雖然覺得不合理，

但這就是口譯界的行規。

「不沉空母」事件

二〇一三年過世的英日同步口譯界前輩村松增美，在一九八三年曾經和當時的中曾根康弘首相一起赴美。與時任美國總統的雷根舉行領袖會談的隔天，中曾根首相接受《華盛頓郵報》（*Washington Post*）之邀參加早餐會，和社論委員們暢談，其中，村松譯出以下這段談話：

「應該將日本列島視為具備防止蘇聯轟炸機入侵之巨大防衛堡壘的不沉空母」。」（《口譯員與戰後日美外交》，暫譯，原書名『通訳者と戦後日米外交』，美鈴書房）

《華盛頓郵報》隔天報導這段發言，在日本國內引起軒然大波。其中最受矚目的焦點就是「不沉空母」這種說法，向來以鷹派作風聞名的中曾根首相，再次口出驚人之語。報導披露後，中曾根首相在以美國媒體為對象的記者會上承認了這段發言，但是面對日本記者團，他卻否認：「我沒那麼說。」

真相到底如何？其實中曾根首相原本的發言應該是「把日本視為一個巨大的航空母艦」。而村松認為，航空母艦原本就很巨大，再加上「巨大的」這種修飾詞非常奇怪，再者，在英文中將島譬喻為船的時候，也有使用「unsinkable」（不沉的）這個形容詞的慣例，所以他才譯為「不沉空母」（unsinkable aircraft carrier）。

當時中曾根到底說了還是沒說，這個問題後來以村松的誤譯收場。不過，將「巨大航空母艦」譯為「不沉空母」真的是誤譯嗎？原本發言的字面上確實沒有說出「不沉」的意思，要說是誤譯也確實沒錯。但是根據村松的描述，當時中曾根首相的語氣堅決。也有人認為從中曾根首相的態度、表情，以及前後的脈絡推論其發言的真意，將「巨大的航空母艦」譯為「不沉空母」，反而是個相當精采的「名譯」。無論如何，村松遵守「譯出的話語由口譯員負起全責」的口譯界行規。

村松增美的紙條

以前我和村松前輩一起工作時，他經常在口譯的空檔遞給我紙條。上面寫著他獨具一格渾圓的字體，點出我的錯誤。那些指正對於收到紙條的我來說，只覺得難為情又不甘心，往往讓我漲紅了臉，但他總是不經意地遞過來。村松前輩平常為人寬厚溫柔，從來不曾以嚴厲的語氣斥責別人，總是以這種冷靜的態度觀察後輩的工作。而他的指正也相當精準，所以每當收到他的紙條，我就會在心裡告訴自己：「再也不能犯相同的錯誤」。

現在，我跟後輩口譯員一起工作時，如果發現對方的錯誤，我也會像村松前輩一樣寫紙條交給對方。或許別人會認為我是個囉嗦的老太婆吧，但是過去前輩給了我不少珍貴教導，我也希望能稍微幫助後輩提升口譯技能。

在我成為專業口譯員過了幾年，漸漸習慣工作後，有一次跟小松達也在休息時間一起喝咖啡，當時他對我說：「妳最近是不是有些得意忘形了？」小松平常也是個溫和的人，對我說這些話時語氣也並不尖銳，相當委婉，不過仔細想想，我也發現確實有值得反省的地方。

雖然我並不覺得自己驕傲自滿，但是，工作漸入佳境之後，我確實有種「我會口譯」的想法。就像我前面所寫的，口譯的世界裡並沒有正確答案。甚至可以說，這是一個沒有終點、細膩又深奧的世界。可是，一旦覺得「自己辦得到」因而滿足，就很難再提升口譯員的能力。我想，小松想提醒我的應該是這一點吧。

現在，大家或許都認為口譯員是「專屬女性的職業」，其實在我剛踏入這行的時候，口譯市場中像國弘、村松、小松這些男性口譯員反而占了壓倒性的多數。有一次我接獲某家企業的會議口譯委託，跟小松一起來到現場。我原本負責替該企業的社長口譯，不過，負責窗口一看到我便說：「這麼重要的口譯工作怎麼能交給女人？」換成現在這個時代，顧客的要求很明顯是種性別歧視，當時小松也試圖說服客戶，結果，還是由該公司裡一位懂英文的男員工代替我進行口譯。過去，我也經歷過這樣的時代。無論如何，對我來說，這些前輩們都是值得信賴的夥伴，同時，他們也會不時豎起耳朵，嚴格檢視我的表現。

以紫式部轉換莎士比亞

不記得確切的時間，我年輕時，外務省的宣傳雜誌曾經製作口譯員特集。當時我也接受採訪，當時我說：「我理想中的口譯員，是當日本講者引用紫式部時，能以莎士比亞來譯出的人。」

當然，現在我依然將這種想法視為理想境界，不過，相信大家也知道，紫式部和莎士比亞的世界觀、文化背景完全不同。我們不可能將紫式部的本質譯為英文、將莎士比亞的精髓譯為日文。所以，口譯員站在不同語言、不同文化的交界之間，只能盡力嘗試在紫式部和莎士比亞之間轉換。回想年輕的我接受採訪時，竟然曾經如此高談闊論。

「I love you.」這句話雖然是英文，不過，相信每個日本人都知道這句話的意思。可是當我們想找到一句意思完全相同的日文，卻很困難。像love或life這種單純卻又與人類行為根基相關的單字，它的解釋往往會牽涉到文化之間的差異。

以「life」這個字來說，譯為日文時必須從上下文的脈絡來判斷，有可能出現「生命」「生活」或「人生」這三種譯法。其實，在日文中關於「什麼是愛？」「什麼是人生？」這類問題，原本就無法簡單回答，因此要找到適當的譯語就更顯困難了。

有一位演員曾經說過：「當我要把某一句表現情感的台詞，由日文換成英文，或者由英文轉換成日文時，有時候會因此喪失那該表現的情感。」

我覺得口譯員跟演員也有類似的地方，因為除了必須正確翻譯語言，我們更得傳達出講者的想法和情感。但是在此同時，口譯員永遠必須面對「該做到什麼程度才行？」的兩難抉擇。最後往往只能「隨機應變」。正因為如此，口譯員更必須在事前盡可能牢記這些，當成臨場判斷根據的基礎知識，以及講者的背景。

笑話，是口譯員的大敵

在國外住久了，回日本看到出國期間竄紅的知名搞笑藝人段子或喜劇，有時候雖然每個字都聽懂了，卻笑不出來。因為笑話、搞笑必須具備「當代的氣息」，以及在這個基礎上的共識。

那麼，聽到那種連日本人聽日文都笑不出來的笑話，該如何譯成不同的語言呢？講者說笑話目的當然在引人發笑，口譯員也必須了解他的心意。笑話，是最典型的口譯員大敵。

其中特別令人困擾的，就是日文中特有的雙關語。就結論來說，雙關語根本無法翻譯，當講者用日文說出雙關語時，有時我真想直接說，「It is a joke.

Please laugh.」（這是個笑話，請笑吧）。當然，我從來沒有真的這樣譯過，不過這確實相當惱人。

在歐美國家，可以用講者在演講時所說的笑話，當成衡量這個人的深度和知性的指標，在日本則沒有這種文化。或許有人認為，「既然如此，日本人又何必勉強說笑話呢？」但是，在國際場合中，日本講者也會覺得「這裡好像適合用笑話來開場。」

像是「鐵幕」，這個詞是一九四六年英國前首相邱吉爾用來指稱第二次世界大戰後東西方對立的冷戰結構，但是，冷戰結構瓦解之後，如果講者說到：「以前有所謂的鐵幕，但是現在大家大概只覺得，『是嗎，有牆喔？那還滿強的嘛』。」要是講者這麼說可就糟了，「牆」與「強」的同音之趣根本無法翻譯（但是，口譯員在現場總不能不發一語，還是得擠出點話來說）。如果不是口譯而是翻譯，或許還可以變換字詞、比喻，想出類似含意的笑話來套用，不過，口譯員並沒有充裕的時間。

我在第一章提過，一九九二年，時任美國總統的老布希（George H. W. Bush）訪問日本時，在晚餐中病倒之後宮澤喜一首相的應對。後來老布希卸任後，曾經因美商開設日本分公司的宴會應邀赴日，當時由我負責口譯。而布希前總統在演講中提到一九九二年的往事，他說道：「我很想報答當時宮澤先生的恩情，所以，希望他到我德州的家來，這一次，我拜託他Dinner is on me.」。

聽懂英文的聽眾立刻哄堂大笑。一九九二年老布希病倒時，電視節目上也播放了他吐在身旁宮澤首相膝上的畫面，這時他所說的「Dinner is on me.」，是「這次由我招待你」和「這次你可以吐在我身上」的雙關語。

但是，這時候翻成「吐在我身上」恰當嗎？譯成「嘔吐物」又覺得趣味不足，我煩惱許久，最後還是只能譯為「這次輪到我請客」。那句讓懂英文的聽眾哄堂大笑的笑話，終究只能譯出一半，直到現在我仍然耿耿於懷，深感遺憾。

當然，也有很多笑話不管譯為英文或日文，都能讓全世界的人覺得好笑。能讓不同國家的人都聽懂的笑話，應該是反過來利用各個人種不同的氣質和民族性吧。舉個例子來說，一艘船即將沈沒，大家正在討論要不要搭上救生艇時，假如是日本人，只要告訴他「大家都會上船」，那麼，他就會無條件地上船，類似這種笑話。不過，這類笑話往往游走於種族歧視的邊緣，萬一用的場合不對，也會引發嚴重的問題。

同樣是英文，美國笑話和英國笑話也有明顯不同。一般來說，在喜劇中踩到香蕉皮而滑倒這一幕，覺得這種「行為」好笑的是美國人，而覺得因香蕉皮滑倒這個「人」好笑的是英國人。我常覺得，如果能將日文聽來不好笑的雙關語，譯成好笑的英文，或許這種人不該當口譯員，比較適合當喜劇演員吧，因為我認為要翻譯「笑話」實在是太困難了。

忽視日本（Japan Passing）

人類的溝通中除了「verbal」（字彙）之外，還有「non-verbal」（動作或表情）因素，而口譯就是包含了這所有要素的整體溝通，偶爾在情感表露十分激烈的協議場面中，我特別深刻感受到這一點。一九八〇年代的日美貿易談判就是一個很好的例子，當時我負責過多次口譯。甚至還有人說：「因為貿易摩擦而獲利的行業有三種，航空公司、律師以及口譯員。」

我曾經幾度因為徹夜協議無法得出結論，只能在外務省的口譯廂小憩，幾個小時之後再重啟協議的經驗。當時有許多官員的表現，讓人感受到他們「一心為國」的氣概。

觀察最近十年、二十年來的國際會議，有時我覺得跟一九八〇年代相比，日本這個國家所占的份量似乎變輕了。以前會議主席可能會徵詢日方意見，現在卻經常遭到忽略。也就是處於「忽視日本（Japan Passing）」甚至「日本無用（Japan Nothing）」的狀況。

看看現在的全球經濟狀況，再回顧一九八〇年代的日美貿易談判，有時我也不禁慨歎：「當時的熬夜，到底是為了什麼？」但無可否認，從前確實有一批官員們帶著為國為民的氣概，全力進行談判。而在TPP（譯注：The Trans-Pacific Partnership，跨太平洋夥伴關係）的談判席間，是不是也能展現當時的氣概呢？在某次閣僚會議中主席要求發言時，日方代表並沒有說出日本的立場和意見，只表示：「我跟先前發言的瑞典代表意見相同。」這句話讓我相當難忘，這下子日本到底有什麼意見，其他人可說一點印象都沒有。即使跟其他人持有相同的意見，也應該明確說出：「這是我的看法。」在國際場合中，這是首要必備的條件。

在下一章中，我想試著描述自己在國際會議場合中，看到的「日本人」群像。

第四章

國際會議中的日本人

日本人的瞌睡蟲

我在國際會議這類場合工作已將近半世紀，有一件事始終讓我覺得不可思議。

那就是「為什麼只有日本人會在會議中打瞌睡？」根據我的經驗，聚集了數百人聚集的大型會議中，每十到二十位日籍與會者之中，就會有一位打瞌睡。還好到目前為止，在高峰會上還沒看過日本首相頻頻點頭的樣子，但日本人真的很能睡。反過來說，國際會議上很少看到日籍人士以外的他國與會者打瞌睡。國會實況轉播中，也經常可以看到在議場中打瞌睡的議員，所以我猜想，在會議中打瞌睡或許是日本人的特性之一。

為什麼會打瞌睡？我從來沒有從科學角度深入思考這件事，不過，當口譯同行之間討論到這件事時，有人提出一種說法：「會不會是吃米飯的關係呢？」可能攝取碳水化合物會比較想睡。但是義大利人也吃麵食、攝取碳水化合物，義大利人卻不像日本人這般常在會議中打瞌睡。難道吃過麵食後喝杯濃縮咖啡就沒事了嗎？可是日本人也喝綠茶，照理來說也攝取咖啡因。

日本人通勤時也經常在電車裡睡覺，這也是國外少見的光景。有一種說法認為在國外電車上打瞌睡，錢包很可能遭扒，也不知道可信度有多少。

有一次，在一場財經論壇中，我曾經目睹臺上的與談人在眾目睽睽之下睡著了。那是一位重量級的財經人士。主持人說：「好的，接下來是茶點休息時間。」其他與談人紛紛起身，只有他還繼續睡，我幾乎想在同步口譯中再加一句：「〇〇先生，茶點時間到了！」

我真的覺得很不可思議，硬要找理由，可能是因為日本人多半覺得「會議枯燥乏味」吧。或者，實際上日本真的有很多乏味的會議。假如真是如此，導致會議枯燥的原因又出在哪裡？有沒有可能是日本人的演講內容是問題所在呢？

「弦外之音」的文化

我在前言中說過，日本存在所謂「坐而言不如起而行」「心有靈犀」等深厚的文化。這也可以說是留白的餘韻、尊重沉默的文化。像是俳句，就是凝聚日本文化精華的極致文學形式之一。

但是，在會議中講究的並不是類似俳句這般的演說。重要的並非文學性，而是邏輯性。整體來說，日本人似乎對邏輯性不大拿手。什麼是演講的邏輯性呢？追根究柢，我覺得就是「明確提出理由，據此清楚導出結論」。即使演講原文的結論以曖昧含糊的方式終結，口譯員也必須為這句話下明確句點、具體譯出。偶爾我跟非同業的老朋友聊天時，朋友常會說我：「妳不管聊什麼，都一定得把話說到最後才甘願呢。」把話說盡，或許也是一種職業病吧。

演講時，口譯員最怕遇到類似「我想，因為今天第一次開會……」這種句子，話說到這裡就沒有下文，徒留「第一次會議，所以怎麼了？」的疑問。我自己也是日本人，當然大略可以想像這句話真正的含意是：「因為今天第一次開會，所以不需要急於下結論，我想，不如先到此結束吧。」但是，這時候我就得自己發揮想像力補滿這個句子。

我們常聽到所謂「弦外之音、言外之意」這種說法。像是京都人口中的「我考慮考慮」，意思其實就是「不可能」，但是，來自東京的業務員過了一陣子之後，可能又跑來問對方：「您考慮得如何？」這個笑話很能夠代表這種文化的差異。所謂「弦外之音」，就是話中保留待人咀嚼的留白餘韻，可是實際上許多演講確實讓人聽了之後，仍然百思不得其解地問：「所以呢？」

或許日本人對於有邏輯地導出結論，並且「把話說盡」的方法非但不擅長，甚至可以說討厭。的確，在一般日本社會中，如果只會據理力爭主張自己想法，往往讓人敬而遠之。這麼看來，或許身為聽者的日本人，也不喜歡有邏輯性的說法。這大概是日本人在會議進行中總是打瞌睡的原因之一吧。

我雖然也讀英文小說，但以文學作品來說，我個人偏好日文作品。川端康成的《雪國》是意境很美的小說，「越過縣界長長的隧道，便是雪國。」文章中這句知名的開頭，後面並沒有接續著「所以那裡很冷」這種邏輯式寫法。如果這麼寫，等於毀了這部文學作品。

日本人在對話和語感之中或許充滿文學性，但我們也不能夠忽略這種特質確實對傳達與溝通帶來影響，導致很多演講主旨不夠明確、或者沒有結論。而我也必須再三強調，會議演講中所追求的並非文學性，而是邏輯性。

日本人「看不見表情」的理由

另外還有一個我擔任口譯員時觀察到的日本人演講特徵。這或許是我自己不大一樣的看法吧，我發現日本人習慣將浮現腦中的想法直接化為言語。重視即興更甚於邏輯性，即使事先已經準備具有邏輯性的演講、做好充分準備，也會把當下浮現腦中的念頭脫口而出。我覺得日本人這種傾向相當強烈。

不過，歐美也有人習慣這種演說方式，例如藝術家、科學家，或者具有獨創天分的官僚。這些人往往不大在乎演講是否具備邏輯架構，造成說話內容「跳針」，或許將這些跳躍式話題連接起來可能描繪出龐大的主題，但是站在聽眾的立場，有可能會覺得「聽不懂那傢伙到底想說什麼？」

日文以及日本人的演說，說得好聽是具有文學性，但老實說，並不適合用來談論經濟或政治話題。在國際社會上常常聽到「看不見日本這個國家的表情」這句話，假如我們總是進行言語溝通卻讓對方不懂自己想說什麼、發表欠缺邏輯結構的演說，那麼遭人批評「看不見表情」，也無話可說。

究竟該怎麼拿捏才好呢？演講也是一種現場表演，確實需要某些臨場發揮的即興能力，可是，能不能讓這些即興插曲聽來有趣，前提是必須讓演講整體的邏輯結構穩固，才能夠決定插曲是否奏效。

像是觀察聽眾反應而調整自己說話方式和聲音大小，也是一種即興能力。但是因為覺得聽眾看起來聽得很無聊，就在演講整體邏輯架構中最重要的部分之前，提前拉高音量，這當然會讓邏輯上的「最大焦點」黯然失色。由此看來，決定二〇二〇年東京奧運的申奧活動中，各場發表的抑揚頓挫和聲音表情等細微即興表現可說相當出色，同時也在演講整體邏輯架構中占有恰如其分的地位，是個極好的範例。

演講不是只需將腦中出現的字句化為言語即可，更關鍵的是，記得檢視這些想法，是否能套用在整體邏輯架構當中。

小澤一郎的邏輯

整體來說，日本人確實不大擅長以邏輯說服他人，不過，當然也有些立論扎實、鏗鏘有力的講者，令人驚豔。例如我曾經在口譯工作接觸過具備邏輯力的講者，小澤一郎就是其中一位。

小澤一郎目前是「生活黨」的黨主席，他身為政治家的評價相當兩極。但是，姑且不論他的政治政策和態度，以口譯員的立場，聽他演講、為他口譯，我發現像他這樣邏輯清晰易懂的日籍講者相當少見。

第一次有這種感覺，是他還擔任自民黨幹事長的時代，應該是一九九〇年眾議院大選的時候吧。當時各黨總幹事等級重要人士在外國媒體面前齊聚一堂，針對「如何看待當今日本政治」「本次選舉焦點」「如何提出選舉公約」等為主題發表演講，由我負責口譯。這時候我深深覺得：「啊！這個人的演講主旨真是清楚又好懂！」當時，共產黨的發言也相當有邏輯，不過，除此之外幾乎沒有其他發言讓我留下深刻印象，多半是些論點模糊的內容，也因此小澤一郎的演講更讓我留下鮮明印象。

首先，他明確揭櫫自己的論點，接著繼續往下展開：「接下來，我會針對這幾點開始說明。」也就是先為自己的演講加上標題，然後再解釋自己關於這個主題的想法和結論。為了能讓聽眾徹底理解，他逐步以語言建構起自己的一套邏輯，逐漸邁向目標。

此外，當他開始說明其中一項主題，一定會先說完該項結論後，再依循演講整體邏輯架構，進入下一個話題。前面說過，口譯員的工作要求是必須對每句話「下明確句點、具體譯出」。從這一點看起來，他的演講讓口譯員相當好譯，譯出的完成度高也會讓口譯員很有成就感。

我過去負責前首相小泉純一郎的口譯時，他曾經對我說：「我知道今天有口譯在現場，所以說話特別小心，讓你方便翻譯。」然而，小澤一郎從來不曾對我說過這句話。所以我並不知道他是不是因為必須透過口譯員向國外媒體發言，才特別注意自己說話的邏輯，不過他的演講對歐美人來說確實清晰易懂。

小澤一郎擔任民主黨主席時，有美國政府高官訪日會談，當時我也擔任口譯，我還記得美方代表曾經說：「喔，他說的話真好懂。」顯然地，這種反應代表他們確實接收到發言的內容。當然，贊成或反對則另當別論。不過，發言內容不夠明確，自然不可能有之後熱絡的討論。

但是對於不擅長邏輯，甚至刻意逃避的日本人來說，或許有人覺得這種演講方式太過死板，缺少人情味。對於小澤一郎這位政治家，支持和反對兩派可說壁壘分明，或許也是因為他是個堅定主張、清楚表達的人吧。

三一一東日本大地震的記憶

另一位值得一提的現任政治家，是民主黨前總幹事細野豪志。他在野田內閣時期曾擔任負責核災善後與防止再度發生特命大臣與環境大臣。二〇一一年三月十一日東日本大地震後，我以口譯員的身分跟他一起工作。當時的首相是菅直人，而細野豪志負責「關於核能發電廠事故所有對應與對外宣傳」。

細野擔任這項職位時，在出席的某場日美會議中，我深深地感受到日本人和美國人溝通方法在「質」上的差異。

儘管面臨嚴峻情況，美方出席者參加重大會議時依然不忘幽默感，從他們的態度當中可以發現，他們舉止絕不輕佻，愈是在緊迫的狀況下，他們愈希望能以偶爾談笑的從容態度因應。相反地，很多日方出席者則完完全全喪失這份從容，陷入「方寸大亂」的狀態。

面對地震、核災的打擊，這樣的反應或許也在所難免。在我的口譯生涯中，也是第一次遭遇這種緊急事態。過去曾經因為波斯灣戰爭和SARS（嚴重急性呼吸道症候群），導致海外旅客驟減。不過，當時並沒有對口譯工作帶來太大影響。

而東日本大地震後，原本預計在日本召開的國際會議幾乎全數取消。震災後接到的新工作包括緊急訪日的IAEA（國際原子能總署）天野支彌總幹事記者會，以及美國前駐日大使約翰・魯斯（John V. Roos）的記者會，都是與地震、核災相關的活動。

細野豪志的應變能力

因應這前所未有的局面，細野在這場會議中擔任主席，跟美國人一樣帶著適度的幽默，論旨清晰地發言。基於主席身分，一方面他必須以中立立場負責推動議事進行，另一方面，也以與會者的身分明確地表述意見，告訴大家：「我認為……」。正因如此，這才得以成為一場並非徒具形式的會議，確實能朝向「解決問題」這個唯一且最大的目的，熱烈進行討論。

印象中，當時出席這場會議的日方代表，完全沒有所謂「安全老套的官方言論」。大家在緊張之餘都不忘笑容，在尊重對方意見的前提下，朝著「解決問題」這個共通目的做出具有建設性的討論，並且用「自己的話語」說出意義和分量兼具的內容。至於「能力卓越的實務家」，過去確實也有不少人比細野主席讓我留下更深刻的印象。

當時我的工作接二連三遭到取消，自己也處於「方寸大亂」的狀態。但是聽著大家的發言，我漸漸感到安心。擔任口譯的我認為，至少眼前這些人都和美方出席者站在對等立場，朝著解決問題的方向共同努力。

後來，細野主席告訴我：「我相信再也沒有別的口譯員能像長井小姐一樣，忠實傳達我的心意和想說的話。」

置身於當時空前未有的狀態，不容許採取前面所說過的「我們會妥善處理」這種應對方式。看到三一一大地震後的因應，有人說：「細野看起來愈來愈冷靜沈著了。」在我看來，細野豪志這個人原本就是個邏輯清楚的人，演講時，他也會思考如何更有效率地讓人理解他的想法。

石原慎太郎具備雄辯者（orator）的資質

前面介紹過小澤一郎和細野豪志演講時的「傳達力」，另外我還想補充強調一點，演講的邏輯對於聽眾的理解來說很重要，但是內容「是否容易理解」，和聽者是否覺得「這個人值得信服」，又是兩回事。

英文裡「orator」這個字，翻譯過來大概是「雄辯者」的意思，這個字原本在拉丁文中代表「說話的人」之意，雄辯者最出色的特質，就是能讓聽者覺得「這個人一定會替我做些什麼！」這種人往往具備能煽動並且影響聽眾的資質。在現代日本政治家中，石原慎太郎算是很容易理解的例子。

二〇一二年四月，時任東京都知事的石原慎太郎在華盛頓特區（Washington,

D.C.）演講時，我也以口譯員身分同行。一九八九年，石原和索尼（Sony）前會長盛田昭夫共著的《日本可以說不》（暫譯，原書名『「NO」と言える日本』，光文社）出版，在美國引起矚目。當時石原赴美舉辦記者會說明。從那次之後，只要他需要口譯都會指名由我負責。

我們兩人相識超過二十年，彼此已有一定程度的默契，在華盛頓特區演講時，我事先和他討論過演說內容。不過，他演講時還是出現了讓口譯員當場瞠目結舌的內容。

「東京都要買下釣魚台（尖閣群島）。」

那一瞬間，我幾乎懷疑自己的耳朵，但是他確實說了這幾個字。當時進行的是同步口譯，我沒有時間吃驚，只能馬上譯出「Tokyo decided to purchase the Senkaku Islands.」

驚訝的不只我一個人。相信各位也已經知道，最後買下釣魚台的不是東京都，而是日本政府，還在媒體上引起一陣軒然大波。

一九五五年，他以《太陽的季節》成為芥川獎最年輕的獲獎作家，成為家喻戶曉的小說家。前面我說過，一般而言日本人的演說較具文學性，在他的發言裡也可以看到這種明顯傾向。換句話說，比起邏輯性，他的演說具備更加豐富的即興要素。

從口譯員的角度來看，石原慎太郎是一位永遠讓人感到緊張的人物，也就是他總是讓人「不知道這個人接下來要說什麼」。不過，二十多年相處下來，我已經能自然而然地了解他的思路。反過來說，如果沒有過去經驗的累積，要翻譯石原慎太郎的演說想必十分困難。

我認為他的演講除了邏輯，還有另一項我剛剛提到的「雄辯者」特質。他在一九六八年首次參與參議院全國選區的選舉，獲得了三〇一萬二五五二票，為歷代最高的得票數。二〇〇三年東京都知事選舉也以該項選舉史上最高的得

與石原慎太郎攝於泰姬瑪哈陵前

票率當選。

前一章我提過「有些笑話即使理解也笑不出來」，而雄辯者的特質也是一種比理解更深入、更能打動人心的力量，同時這種力量跟搞笑一樣，也跟時代氛圍和建立於此的共識密不可分。我想，石原慎太郎可以稱得上象徵了某一個時代吧。

石原慎太郎這位政治家，有人喜歡、也有人不喜歡。雄辯者的特質偶爾會過於煽情、讓人迷失。石原的驚世發言比小澤一郎更多，但那又跟「失言」不大一樣，應該說是「明知故犯」。他並不是一時失言，正因為他開口前早已確知會有這樣的結果，才能引起正反雙方激烈討論，進而牽動實際現象吧。當然，客觀判斷這些現象到底是好是壞，則另當別論。

再次迎接東京奧運

我認為「訴求力」也是口譯員必備的能力之一。到頭來，透過自己的口中譯的話語如果不能打動聽者，就不算完成任務。

其實在二〇一三年東京爭取二〇二〇年奧運暨殘障奧運主辦權的簡報準備階段，日本中奧團的英國顧問曾經告訴我：「妳的工作不是『譯得正確』，而是朝向申奧這個唯一且最大的目標，放膽譯出，哪怕必須微調原文也無所謂。」

二〇〇九年，我曾參與東京爭取二〇一六年奧運主辦權的申奧活動，當時另一位外國顧問也對我說過同樣的話。當時確實遇過幾個情況，讓我猶豫不知該不該聽從他的要求，有些時候身為專業口譯員，對我來說，他的建議確實有難以認同的部分。不過，二〇一三年中奧活動中，一般英文中通常譯為「disaster area」的「受災地」，為了避免喚起負面印象，我刻意避開「disaster」這個字，改譯為「affected area」（受影響的區域）。

這樣的譯法稱不上正確。然而，針對東京申奧這個目的，必須有效將日本團隊的訊息向全球傳遞，我判斷這是在容許範圍之內的「語言選擇」。

安倍首相「情況已在掌控中」

贏得二〇二〇年東京奧運舉辦權的「日本人的訴求」中，特別值得一提的是安倍晉三首相在布宜諾斯艾利斯ＩＯＣ大會時站在臺上所說的「The situation is under control.」（〔關於汙染水問題的〕情況已在掌控中）。就在幾乎決定布宜諾斯艾利斯可能贏得主辦權之前，海內外媒體大幅報導東京電力公司福島第一核電廠輻射汙水外洩這個重大問題。對全世界來說，這都是不容小覷的嚴重問題，同時對東京申奧活動也相當不利。

安倍首相此時自行以英文發表演說，我並不需要從旁口譯。各位應該也已經知道，東京申奧成功的捷報傳出之後，這項發言引發很大的波瀾。關於汙染水的發言在這之後不斷有微妙的變化，而汙染水問題也並未獲得解決。可是以口譯員的立場來看當天那場演說，同時也對應我一路寫來的主旨，不怕大家誤會，我確實認為安倍首相在該表現的地方明確說出「該說的話」，也可以說是「只有他才能說的話」。

安倍首相在發表演說的前一天，抵達布宜諾斯艾利斯，他不像前東京都知事豬瀨直樹或其他發表者那般，有充裕的練習機會，幾乎一切都是臺上見真章。但我認為他相當清楚自己以首相身分，在忙碌公務行程中特地前往一趟布宜諾斯艾利斯，在當時的場合「該說些什麼」。

「（關於輻射汙水問題的）情況已在掌控中」這種發言，倘若由其他人口中說出，以一個向全球發表的簡報來說欠缺說服力。這是只有安倍首相才能說的話，也唯有從他口中說出來，才具有意義。

當然，我並不清楚輻射汙水問題是否已經獲得掌控。同時，正因為這些話只有這個人能說，其中也伴隨著重大的責任，我確實也對他當場這些發言的正確性存疑。不過，當我們把演講視為將自己（以及自己的想法）傳達給聽眾的行為，並且思考此時該說什麼的時候。如果能有「說只有自己能說的話」這個價值判斷標準，我想，自然會浮現出明確的答案。

處世之道和溝通能力的不同

評論家小林秀雄曾說：「要安然處世，只好隱藏自己。」我想很多日本人聽到這句話，都會點頭如搗蒜吧。

確實，「隱藏自我」也可以是一種處世之道。實際上，二次世界大戰結束後的日本，在國際社會中也是這樣一路走來。但是，結果卻導致世界「看不見日本的表情」，也是不爭的事實。

隨著經濟全球化的進展，安全保障問題也必須以聯合國為主軸和各國攜手合作，在這當中需要的究竟是「處世之道」（隱藏自我）還是「溝通能力」呢？我想答案相當明顯。

我認為，處世之道只在封閉社群中才具有意義，而一個只想著在這個「封閉社群」中固守自己地位的人，比起跟廣闊世界交流，會更優先考慮如何處世。比起能讓聽眾感動的演講，不如一場安全不出錯的演講。結果卻讓聽眾無聊、想打瞌睡；但是，這種方法在全球化進展快速的現今世界中已不再適用了。

將自己想法進行邏輯性整理、發表簡單明瞭的演說，就算最後聽者覺得「我不贊成這傢伙的想法」，這也是一種溝通。可是從這當中卻可以產生真正的討論。

大家常說「日本人不擅長討論」，但我總覺得日本人並非不擅長討論，而是刻意逃避營造討論的氛圍，也就是溝通的風氣。最近，隨著電子郵件和社群網站的普及，不擅長面對面跟別人對峙討論的人愈來愈多。如果不將自己的意見清楚傳達給對方，不管任何討論都無從開始。沒有討論，自然就不可能了解對方。

沒錯，就如同我一開始所說的，這是比口譯更基本的問題。跟是否運用外文一點關係都沒有。重要的是想要把什麼內容、如何「傳達」給對方。在下一章中，我將和各位一起探討溝通以及形成溝通的語言。

第五章

傳達語言的五個步驟

口譯員與語言能力

大家都知道日本人很喜歡學習語言。經常有人問我：「我想學英文，請問該找什麼樣的老師？」這種時候我通常會告訴對方：「最好的老師，就是讓你覺得『我好想跟這個人說話』的人。」無論具備再豐富的知識和精湛教學技術，如果這個人無法讓你覺得「好想跟他說話」，我認為並不適合當語言老師。

另外，我還有一個想法，或許不該直接問今後想學習語言的人這個問題吧，但我覺得大家都該想想看：「學習外文之後，想靠這種語言傳達什麼事情？」「自己內心有沒有想傳達的內容？」如同前述，英文只是「工具」。首先，要在自己心裡保有想傳達的內容及想傳達的意願，再建立起讓聽者容易理解的結構，才算真正活用了英文這種工具。

另外，也經常有人對我說：「我女兒說想當會議口譯員，她到大學畢業為止都在美國長大，英文一點問題都沒有，應該可以吧？」歸國僑民確實具備相當有利的條件，然而，光是這樣還不足以構成口譯員的充分條件。

我初出茅廬時，曾經在某場會議上聽到「百尺竿頭更進一步」，卻無法立即譯出，腦中一片空白。這時，我身旁的夥伴助我一臂之力：「百尺竿頭就是英文裡 revolutionary change（劃時代的改變）的意思吧。」我對日文中漢語的表現相當不擅長。要理解這些詞彙並且確實譯出，除了語言能力之外，素養更是不可或缺。

如果覺得只要會英文相關工作都能夠輕易上手，我必須說，這種想法似乎太過膚淺。我在第二章提過，儘管會說英文，想在華爾街工作當然必須具備金融相關知識，沒有這些相關知識，等於你自己的心裡並沒有「該傳達的內容」。那麼，我們這些把英文視為工具的口譯員，具體來說到底在想些什麼、做些什麼呢？接下來就讓我依照工作流程來一一解釋。

傾聽

我所認為的「口譯」流程，可以分為以下五個步驟：

步驟一：聆聽

步驟二：理解

步驟三：分析

步驟四：轉換

步驟五：譯出

經過這五個步驟，口譯的工作才算完成。講者的訊息可以藉此跨越語言的障礙傳達給聽者，不過，在這裡介紹的「五個步驟」，也同樣適用於純日文的溝通中。

我彷彿聽到有人反駁，同一種語言（例如日文）的溝通應該不需要步驟四的「轉換」吧!?真是如此嗎？所謂「轉換」，也可以置換為「換句話說」。在一般日文的對話當中，我們也同樣必須注意這一點。在相同職場，相同業界的人之間彼此熟知的專業用語或略語，要向其他領域的人解說時便需要「換句話說」。在高中學生之間使用的年輕人流行語，跟不同世代的人說話時也需要找到相應的替代詞。這些工作在我們一般日文對話中一定都存在，而疏忽這些步驟的人，絕對稱不上是「溝通高手」。

那麼，我們先來看看第一項步驟「聆聽」，沒能正確地聽懂講者的話就無法口譯。我前面雖然大言不慚地說自己「並沒有為了提高聽力做特殊訓練」，不過，我也有過多次「聽錯」的經驗。現在還特別印象深刻的是將shock（震驚）聽成shark（鯊魚）。當時是逐步口譯，我耳裡確實聽到了shark，不過從上下文看來，翻成鯊魚很明顯文不對題，所以，途中我又修正；也有過不少次類似這樣的經驗。

口音重的英文往往讓口譯員難以招架，特別是新加坡或印度，這些以英文為官方語言或準官方語言的國家。他們不像日本人在說英文時會「特別注意發音」。比方說，人們將新加坡人說的英文稱為Singlish，因為那是「雖是英文，卻是新加坡才有的獨特英文」，類似Singlish這種口音強烈的英文，如果不習慣，就很難聽懂。

另外，在擔心英文聽力問題之前，日本人以日文發表演說時，同樣會遇到「連珠炮」這個難纏的強敵。說話非常快速的人，不管是同步口譯或者逐步口譯跟起來都相當辛苦。有時候，心裡會覺得又氣又急：「說得這麼快，舌頭都要打結了！」每個人在聽別人說話時都有「聽來最舒服、最容易吸收」的最佳速度。如果說得太慢，也會讓人容易打瞌睡，也不好吸收內容。

儘管說話速度快，如果整場演講有著明確的邏輯架構，或許稱得上「有許多想傳達的內容」。即使有許多想傳達的內容和意願，但是，講話卻像機關槍似狂飆，顯然這個人忘記言語溝通時另一個重要的環節，那就是演講的目的在於「讓聽眾容易理解」。

或許是因為我工作上經常吃到這類「機關槍型講者」的苦頭，所以，有時候不免覺得：「機關槍式的發言只是自我滿足，純粹為了展現自己的優秀吧？」無論如何，這些人很明顯地都沒有考慮到聽眾需求，也忘記應該讓聽眾理解這個重要目的。

有句話說「見賢思齊，見不賢而內自省」，既然溝通是雙向關係，這其中也有許多我們值得反思的部分。對方的「說」是我們的「聽」。反過來也是一樣，同一種語言（例如日文）的對話當中，如果聽到不容易了解的發言，其實也該自我反省：「我的發言對方是不是也不好懂呢？」

理解

語言光是用聽的並不能理解。聽英文演講的時候當然需要英語能力，不過，如同前面所說的，光有語言能力還不夠。

像是之前提到的「百尺竿頭」這個例子，我們知道素養也是必備的。那麼，具備語言能力和素養就能理解所有內容嗎？答案是否定的。

所謂「徹底理解」，指的是什麼樣的狀態？這是個非常困難的問題，要理解「在戰爭中失去自己家人的悲哀」，是不是自己也一定得有過同樣的經歷？另外，再深入思考也會發現，兩個不同的人要有「相同體驗」根本不可能。可是，我們常會說「理解到什麼程度」，也就表示理解並不是非零即一，即使沒有相同經驗，也能夠盡可能提升理解的程度。而其中極重要的，除了一般所謂的素養以外，還要加上「個別基礎知識」。

假如能事先了解講者的簡歷以及發言概要，就可以將「奪走講者家人生命的戰爭，究竟是什麼樣的一場戰爭？」「他的家人在什麼樣的狀況下喪生？」這些資訊盡量牢記在腦中。在討論語言能力問題之前，一般以日文進行的會話等整體語言溝通上都會牽涉到這個問題。面對想要溝通的對象，在對話之前如果疏於蒐集或學習基礎資訊，終究也只能達到膚淺程度的理解和溝通。

而我們口譯員最終必須了解而且傳達的，並不是演講當中的單字，而是由這些單字所構成的講者「訊息」，還有結論當中的「重點」。這些內容不見得會在演講當中化為言語。可是，當我們聽到講者說出「應該強化管制二氧化碳排放」，其背後一定帶有「擔心地球暖化」和「注重環境保護」等訊息。口譯員必須以理解這些心思為前提，慎選一字一句，挑出最適當的譯文。

演講的核心訊息在哪裡？如果能夠掌握這一點，儘管講者的原文鬆散不夠扎實，也有可能翻譯出論點清晰、訊息性高的演講。有時候，我們會聽到聽眾表示：「聽了口譯員的翻譯後才更清楚講者想說什麼。」這是因為口譯員能確實了解原本的發言中要傳達的訊息。

另外還有一點，這也超越口譯的範疇，但在相同語言的溝通當中一樣重要。如果我們對講者的人物形象不夠了解，就無法正確理解他的發言內容。反過來說，如果能夠了解他的發言，也能夠對這個人的背景以及性格有一定程度掌握。了解對方是個什麼樣的人，當然是在彼此進行交涉時對自己相當有利的條件。因此，必須付出最大努力了解對方的發言。相反地，如果在沒有任何基礎知識，只是側耳傾聽的狀況下，終究是看不見擁有特定背景和性格的人想說的「重要訊息」。

分析

步驟二中的「理解」，是將耳朵裡所聽到的一字一句對照自己的素養和通識，屬於微觀作業，而在步驟三的「分析」或許可說是一種宏觀作業。剛剛所說的「聽錯 shark 跟 shock 」就是一個很好的例子。

當時，我耳朵裡確實聽到了shark，而我也知道這個字代表的是鯊魚，但是如果從推敲字句的微觀世界往後退一步，我就會發現把shark放在演講整體脈絡的宏觀世界中思考「非常奇怪」。也就是說，由於先理解再「分析」，讓我得以修正自己的誤譯。從這個角度來看，這個步驟也包含「驗證自己所理解的內容」的意義。

另外，在前一項所提到的「讀取講者訊息的工作」，在分析的過程中也持續進行，因此，可以更加提高精確度。在步驟三的分析中，不僅是理解單字，更要了解整體演講是以何種邏輯所構成，並且了解其整體脈絡。

在日常對話中，如果對方的發言裡有「聽不懂的部分」，或者是例如前面shark那個例子等，「從上下文看來，有很奇怪的異物夾在其中，感覺『卡卡的』」，就可以刪除，專注聽其他部分，讓自己能「掌握整體概貌」。實際上，許多人聆聽對話時也都是這樣。

但是，口譯員不能這麼做，我們不能有「聽不懂的部分」，說得極端一點，即使有「聽不懂的部分」也得把這些話譯出來。總之，把講者「所有發言」都正確譯出，就是口譯員的工作。所以，如果站在微觀角度不容易理解的內容，就需要站在宏觀整體的角度檢驗分析。

此外，即使不是在口譯現場，一般日文對話，例如商務上重要的談判場面，假使遇到不懂的地方，儘管再微小也不能視而不見。既然是「不懂的部分」，其實我們無法確認這些地方是否真的微小不重要，也有可能會帶來往後重大影響。無論如何，都不能置之不理。

如果能完成這個分析步驟，大致上就可以預測演講將朝什麼方向做出結論。特別是在同步口譯的狀況下，由於日文和外文在文法語序上的差異，必須一邊處理技術差異，一邊追著演講內容跑。各位或許會發現電視上海外新聞節目等有同步口譯的日文，經常會用「關於〇〇這件事……」，或者是說「其實，這件事真正的原因在於……」等句法。

這幾乎可說是同步口譯員的口頭禪。因為英文和日文的語序差異，必須利用這種句子爭取一點時間。反過來說，日文譯為英文的時候也一樣，預測演講會朝什麼方向走，是口譯員相當重要的工作。

除了前項所說必須具備「個別基礎知識」以外，為了讓理解更加完備，也不能欠缺「預測能力」。像是在一場關於核災因應的論壇上，一位高齡日本人開始發表意見，他首先說道：「我在一九四五年的八月六日……」，這時，口譯員就必須預測講者可能要提到廣島原子彈爆炸。

這本書一路寫來，我都希望能對「超越語言的溝通有幫助」。所謂「有幫助」是什麼意思呢？那就是「更加深入了解對方」。連一九四五年的八月六日廣島曾經有原子彈爆炸都不知道的人，聽到相關的言論時，又怎麼可能了解對方的想法？

轉換

接下來，步驟四終於來到正式運用語言能力的「轉換」（即為翻譯）工作了。就像前面所說的，轉換就是**換句話說**的工作，在平常的日文對話中也同樣在進行。

跟我剛成為專業口譯員的時候相比，這幾十年來，我的英語能力確實長進不少。可是在這段期間中我英語能力的進步，跟我們在平常對話中經常在意的「英文要怎麼樣才會變好？」這句話中所謂的「好」，我想在「質」上有一點不同。

儘管我實力不足，畢竟還是能捧著專業口譯員這個飯碗，剛出道時，憑藉著「一定程度」的英文能力，哪怕遇到內容較專業的演講，只要事先能多接收相關資訊，也能夠有「一定程度」的產出。那麼，我不足的究竟是什麼部分呢？很明顯的，首先是語彙能力。當時我能使用的單字數量絕對比現在少。另外，像片語等常用句、慣用句的表現、相關知識，我想也完全不夠。

像是日文裡面有「折斷了骨頭」這種說法，實際上，這句話的意思是「相當辛苦」。同樣地，英文也有許多類似的片語。我對這些相關知識真的很貧乏，自己的「知識抽屜」幾乎空空如也。

儘管說話的內容一樣，根據語彙能力和片語的使用方法，可以讓自己所說的話聽來優雅或低俗。如果想追求這方面的精進，不只語言能力，也必須具備文學能力。口譯員所處理的是「口說語言」，不過，大量閱讀英文和日文的文學作品，也有助於提升口譯能力。此外，多看電影，注意讓你印象深刻的台詞，也是有效的訓練。

寫到這裡，我想起珍妮佛．麥金塔（Jennifer Mackintosh）這位英國人，是我在高峰會中曾經共事的英文組口譯員，除了母語英文，她還擅長法文、德文。事實上，法國總統和德國首相的演講，便是由她譯為英文之後，再由我譯為日文。

同樣身為口譯員，我相當尊敬她，她所說的英文相當優雅。不但語彙豐富，片語的用法也很恰當。而且她不會使用太過艱澀的表現，會將演講的整體結構整理得相當清楚，同時，她的英文也能讓人充分感受到她的知性。每當聽著她的英文，我便會相當陶醉，打從心底希望「自己的英文能說得像她一樣好」。

除非面對特定人物，否則我們難免希望別人能從自己的發言中認為自己是個具備知性的人。但是如同我前面所說，溝通是雙向的，如果以溝通也就是彼此之間的理解為目的，那麼，與其運用艱澀字句，讓人覺得自己「很知性」，應該還有比這種個人欲望更重要的事。珍妮佛・麥金塔的口譯，就讓我瞭解到這個道理。

身為一位女性，她也充滿魅力，我曾經數度跟她一起用餐，毫不做作的個性充分表現在她的口譯，至少，光靠語言能力絕不可能達到像她這樣的口譯程度。雖然我這個人不喜歡揮汗努力，但是，基於對她和她所說的英文那份憧憬，確實帶給我提升自己英文能力的強烈動機。

譯出

前面介紹過四個步驟，我自己寫著寫著，也覺得「原來我做的事這麼麻煩！」可能有些讀者會覺得「這太難了，我辦不到！」沒錯，正因為如此，當我們想對別人傳遞訊息的時候，確實要先問問自己：「有沒有想傳達的意願？」

我自己是有的。當然，這畢竟是我的工作，討論「想不想傳達？」這個問題之前，我的工作本來就必須傳達。不過我前面也說過，我總希望透過自己的翻譯、傳達，能讓聽者在腦中浮現栩栩如生的如實情景。假如沒有這份意願，確實無法長久持續這麼麻煩的工作。

面對眾多聽眾演說前，不妨先把該傳達的內容整理清楚，然後再問問自己是不是真的有想要傳達的意願，如果答案是否定的，進行這場演講也只是浪費時間，結果只是引出聽眾的瞌睡蟲吧。如果具備想傳達的意願，那就得下功夫，讓自己的話更容易進入對方腦中、容易了解。只要有心，並非不可能。

當我們來到步驟五的「譯出」時，翻譯工作已經結束了，這時候跟講英文還是講日文一點關係也沒有。不管任何人，只要身處在這個社會上，通常多多少少都必須面對「陳述自己意見」「運用語言來表現自我」的場面。

首先，「傳達語言」並不是能靠一己之力完成的工作。我在這一章中反覆提到，溝通是雙向。有說話的講者，還要有接收和理解的聽者，溝通才能成立。假如一個人講話幾乎快到讓別人根本聽不清楚，儘管有想傳達的意願，也只是一廂情願，根本沒有傳達到對方心底，這當然行不通。

在解釋「翻譯」過程中我也說過，用字遣詞的選擇很重要。比方說，觀眾大部分是高齡者，就要盡量減少使用流行語或源於外文的外來語。這時候，該考慮的不是自己想怎麼說話，而是該怎麼說話、該怎麼表達，才能夠確實將訴求傳達給聽眾。

另外，最重要的就是演講整體的邏輯結構，歸根結柢，我依然認為這是考量聽眾需求的體貼和服務精神。所謂邏輯，是可以超越國籍和立場的差異讓所有人都能接受的結構。換句話說，當你想讓別人了解自己的想法和思考時，絕對不能缺少邏輯性，同時，這也是獲得他人理解最強大的武器。日本有種說法叫「永田町邏輯」，就是因為這種邏輯並非通用於所有人，所以才會冠上「永田町」這幾個字。有人認為過去某些日本首相「言語清晰、意義不明」（講得很清楚，但人們聽不懂），這是因為他們的發言欠缺基本的邏輯。

邏輯基本上就像砌磚造屋一樣，是靠一字一句的語言所累積堆成的，所以順序非常重要。如果一次想同時說出許多件事，往往無法順利進行。經過巧妙邏輯建構的演講，有些在最後才提出結論，有些則是先講結論再列舉出根據，這兩者的語言順序想必都是經過精心計算。

前面提到過日本使用衛星實況的首次同步口譯，是在阿波羅十一號登陸月球時，由西山千翻譯第一位登陸月球的太空人尼爾・阿姆斯壯（Neil Armstrong）的名言：

「這是我的一小步，卻是人類的一大步。」（That's one small step for man, one giant leap for mankind.）

這段發言的重點當然在後半段，也就是「人類的一大步」。但是正因為之前有「這是我的一小步」襯托，整句話聽來才會如此震撼人心，直到現在，還是全世界都熟知的名言。

口譯員的工作是聽了原文之後加以理解，在步驟三「分析」過程中，預測演講整體的方向，盡可能整理語言順序再加以傳達。而這所有工作都必須在瞬間完成，所以，有時也會受到原文發言的牽制，無法順利形成具備邏輯的結構。

但如果自己站在發言者的立場，當然可以事先確實準備一場邏輯完整的演講，把自己的訊息傳達給聽者。

這時候最重要的，就是我在本書一開始也提到的三項條件：

一、有沒有「很想告訴別人」的內容。

二、有沒有想傳達的熱忱。

三、有沒有具備能讓對方清楚了解這些內容的邏輯與結構。

最重要的是，設身處地

前面介紹的口譯過程中的五個步驟。最後，我想要告訴各位我以專業口譯員的身分思考的「溝通祕訣」。

前面也已經提過，口譯工作當中「移情」是相當重要的，讓我們把這種移情作用再稍微推進到「設身處地」。很多人認為「設身處地」是利他的態度，與自我表現不同。不過，讓溝通成立，把自己的意見傳達給對方、打動對方的心，其實也能夠帶來利己的結果。

在討論笑話的部分，我寫到「有時候即使理解也笑不出來」的現實。雄辯者（orator）也一樣，「理解」跟「想追隨這個人」是截然不同的事。這兩者都不僅是單純地說出語言讓對方了解而已，我最希望大家可以了解溝通必須「有其目的」。

這裡所說的「目的」是什麼？就像我們說笑話，不僅希望別人能了解，更希望引人發笑。溝通的目的是希望能對別人的心理產生作用，雄辯者也能打動人心。包括這些例子，還有在商務談判席間也一樣，我們最終的「目的」，應該就是打動對方的心。

如果能夠百分之百設身處地為對方著想，對方一定也能夠做出符合你心意的事。因為你就是他，你想要做到的事，同樣也是對方的心願。

除了前面提到「有沒有想傳達的內容」「有沒有熱忱」「有沒有邏輯與結構」這三項之外，我在前面提到決定二〇二〇年東京奧運的申奧活動中也發現，「如何表達」是個非常重要的主題。

該怎麼說話。仔細思考溝通這兩個字的意思，所謂該怎麼說話，指的不是

「該怎麼樣講話別人才會覺得我很知性」，我們要思考的應該是「該怎麼說話才能夠傳達給對方」。

我在本章中再三強調「溝通是種雙向作業」，在同步口譯的現場中，這不僅是雙向，同時也是同步進行的作業。你的「聽」，就是對方的「說」。而你的「說」，也是對方的「聽」。欠缺其中一方，溝通都不可能成立。站在對方的立場，設身處地的為對方著想，無疑是我們思考溝通時對自己最有利的條件。

結語

口譯員的工作不管譯得好或者是譯得差，當下一決勝負。在這個「一期一會」（編按：日文漢字，表示一生一次的相遇）的職場中，我已工作約半世紀。

一個工作現場結束再趕赴另一個現場。我就這樣往來於世界各地，從事口譯工作，現在回頭看看，其實我深深覺得「語言是會留下痕跡的」。

我在前面提到一九九六年拜訪南非共和國的經驗，當我回想南非，首先想到的，就是當時南非外交部長的那句話（編按：詳見第四十二頁的「不久之前，像我們這種人只有負責做菜和打掃等工作，才有可能進入這棟建築物。」），而一想到那句話，當時，他說話時的表情與動作，又鮮明地浮現在我腦海中。

南非外交部長的那句話，直到現在還留存在我的記憶裡。我想對於聽過我翻譯當時外交部長那句話的人來說，應該也是一樣。

這或許就是所謂的溝通吧。當時，我認真地聆聽他的發言，儘管相隔久遠，透過這些話還是能清楚描繪南非外交部長的形象。從這個角度來看，溝通確實是雙向的。

只不過，並非所有的語言都會在記憶中留下深刻印象。正如同前文中所提到，很遺憾地，演講現場中有些話語就是無法直達人心，我覺得再也沒有比這更可惜的事了。

有一些話語明明歷經幾十年、幾百年的時間，都還一樣鮮活。但是，為什麼也有些話連「他到底說了什麼」，都沒有留在人們的記憶當中呢？這根本是時間和精力的浪費。

只要人活在社會裡，就不可能離群索居，更別說是活躍於今後全球化的世界當中，我們更應該保有熱切的心、冷靜的頭腦，並且以語言當成我們的武器，既然要發言，當然希望能夠說出打動人心的話語。

有時候我會想，為什麼我這麼喜歡從事搭起人與人之間溝通橋梁的工作呢？

我的個性裡，確實有些好事雞婆的一面，懷抱著「想為世界和人們做出貢獻」的想法。

自己微小的工作能夠給世界帶來貢獻，這樣的想法或許太過狂妄自大，儘管如此，我確實從小就覺得既然活在這個世界上，就希望能夠為別人做些什麼。

日本必須立足於這個全球化的世界，為了避免不必要的爭端，更向世界靠近。絕對不能毫無溝通，只靠先入為主的成見做出判斷，我希望更執著於只有人類才擁有的「語言的世界」。

本書中以此為主題，介紹了幾個我在口譯現場中看過、聽過、想過的幾項線索，我衷心希望這些線索能夠給各位讀者們帶來一些幫助。假如真能夠做到這一點，也算是透過這本書建立與每位讀者的溝通管道。

最後，我要由衷感謝將我的「心意」化為文字的田中茂朗，還有提出把我的心意製成「書本」這個我過去從未想過的建議，並且自始至終都帶著笑容鼓勵我的金井田亞希小姐。

二〇一四年二月

長井鞠子

國家圖書館出版品預行編目資料

口譯人生：在跨文化的交界，窺看世界的精采／長井鞠子著；詹慕如譯. -- 初版. -- 臺北市：經濟新潮社出版：家庭傳媒城邦分公司發行, 2016.03

面；　公分. --（自由學習；9）

ISBN 978-986-6031-81-6（平裝）

1. 語言學習　2. 口譯

800.3　　105002273